清欢浅笑

◉ 甄选集

史水汉 著

春风文艺出版社
·沈阳·

图书在版编目（CIP）数据

清欢浅笑：甄选集 / 史水汉著 . -- 沈阳：春风文艺出版社, 2025.5. -- ISBN 978-7-5313-6968-4

Ⅰ . I227

中国国家版本馆 CIP 数据核字第 20255LK513 号

春风文艺出版社出版发行
沈阳市和平区十一纬路25号　邮编：110003
湖北金港彩印有限公司印刷

责任编辑：周珊伊	责任校对：张雨菲
封面设计：康　妞	幅面尺寸：142mm×210mm
字　　数：210千字	印　　张：9.25
版　　次：2025年5月第1版	印　　次：2025年5月第1次
书　　号：ISBN 978-7-5313-6968-4	
定　　价：88.00元	

版权专有　侵权必究　举报电话：024-23284292
如有质量问题，请拨打电话：024-23284384

作者简介

　　史水汉，笔名过客、清欢。广东揭阳人。自幼酷爱文学，熟读诸子百家、唐诗宋词，初中时期开始广读世界文学，也开始尝试文学创作，写过散文、小说、古体诗、词、现代诗等不同文体。著有古体诗选《春水暖芳华》。

　　一直秉持"文字是心灵的窗口"，用文字记录一切所见、所闻、所思，不求显贵荣达，但求平静淡雅。

前 言

在这阳光轻柔的午后,我提笔写下这篇序言,心中涌动着无数思绪。《清欢浅笑 甄选集》是我结集出版的第三部诗集,它记录了我这些年来的所思所感,是我与这个世界对话的一种方式。

诗,是情感的载体,也是灵魂的镜子。它能够捕捉那些稍纵即逝的美好,将它们凝固在文字之间,让读者在翻阅时能够感受到那份温暖或者情感的共鸣。我尝试用不同的视角去观察生活中的每一个细节,无论是自然界的草木荣枯,还是人间的悲欢离合,都是我书写的源泉。

在这本诗集中,我试图构建一个既属于我个人,又与读者相通的世界。这里有对远方的向往,也有对故乡的眷恋;有面对困难时的坚忍不拔,也有享受宁静时光的恬淡自得。每首诗都是一个故事,每个字句背后都藏着一片风景。

或许有人会问,为什么选择诗歌这种形式来表达自己?因为在我看来,诗歌是最能直接触动人心的艺术形式之一。

它不需要华丽的辞藻堆砌，也不需要复杂的结构支撑，仅凭简简单单的文字就能勾勒出无限遐想的空间。

感谢所有愿意停下来阅读这些文字的朋友，希望这本诗集能成为你生活中的一道光，给你带来片刻的恬然与美好。

2024年11月1日于广州

目 录

第一辑 现代诗 / 001

渡 口 / 002

未知和已知 / 003

故 事 / 005

一颗会醒来的种子 / 007

一段往事 / 009

烟 花 / 011

再读苏轼《江城子》 / 013

你的样子,我将不老 / 014

平凡的 / 016

时间的界限 / 017

在时间里等你 / 018

渡 口 / 019

角 色 / 020

线 性 / 021

诺 言 / 022

南方的午后 / 023

再回首 / 024

下一个春天 / 025

为何而来 / 026

断 章 / 028

谜 语 / 029

墙 / 030

夜 行 / 031

来听你的演唱会 / 032

你好,今晚 / 033

平凡之路 / 034

有那么一次 / 036

之于一座城市 / 037

出一趟远门 / 039

记忆的列车 / 040

永 生 / 041

关于你的夏天 / 042

夜 / 043

笑 意 / 044

001

自 由　/　045

穿过城市的围墙　/　046

在海边做一场梦　/　047

520　/　048

时间的事　/　049

一 诺　/　050

雨 巷　/　051

烟 花　/　053

那个春天　/　054

朋 友　/　055

红豆的样子　/　057

一场不期而遇的雨　/　059

老地方　/　060

记 忆　/　062

生活的样子　/　063

偶 遇　/　065

年 华　/　067

初春的选择　/　069

跟烟花有关　/　071

一个莫名的夜晚　/　072

写在一个没人的晚上　/　073

我忘记了　/　075

晚 安　/　077

不 说　/　079

静待花开　/　081

鹦 鹉　/　083

广州的冬　/　084

留 白　/　086

琴　/　087

世间与我　/　088

关于自由　/　090

为何遇见　/　091

秋　/　092

给 月　/　093

时间的河　/　095

城市的墙　/　096

十 年　/　097

一个小女孩　/　099

楼 台　/　100

思 念　/　101

游 泳　/　102

渺 小？　/　103

看见了爱情　/　104

天空的秘密　/　106

光　/　108

呕 吐　/　110

江　山 / 111

英　雄 / 113

我不经意走过 / 115

这场雨 / 117

今　夜 / 119

光的故事 / 121

关于时间 / 123

惹不起的 / 125

你一切如故 / 127

喜欢一个人 / 128

南方的南天 / 130

活着本身就是意外 / 132

情与欲 / 133

广　州 / 135

打翻的人与事 / 137

路过皆是过往 / 138

北京之夜 / 140

不经意 / 142

江　湖 / 144

一　年 / 146

无　他 / 147

烟　花 / 148

你要的生活 / 150

一个突然的晚上 / 152

元　旦 / 154

谁说起的爱情 / 156

这个冬天与你无关 / 158

我 / 160

夜　晚 / 161

终于对你下手 / 162

你看，这天 / 164

站在风里 / 165

广州的夜 / 167

拥抱着的孤独 / 168

北京的雪 / 169

心　月 / 171

今晚的酒 / 173

梦深处 / 175

黑 / 177

迷　恋 / 179

归 / 180

不顾一切 / 181

山　峰 / 183

路　灯 / 185

爱？伤？ / 187

少　年 / 189

003

小　屋　/　191
立　秋　/　193
那条街道　/　194
世　人　/　195
结　局　/　197
树　/　198
梦　/　199
喝　酒　/　200
尘　埃　/　201

路　/　203
流　浪　/　205
历　史　/　206
如果风知道　/　208
路　/　210
乌托邦的世界　/　212
追　赶　/　213
迟来的西风　/　215

第二辑　古风诗词　/　217

记北戴河　/　218
观日出　/　218
初　到　/　218
母　亲　/　219
佛　说　/　219
情人节　/　219
我和你　/　220
春（一）　/　220
春（二）　/　220
对友人诗·春　/　221

春　思　/　221
春　乐　/　221
春　意　/　222
桃花红　/　222
春　雨　/　222
惊　蛰　/　223
端　午　/　223
人　/　223
俗　人　/　224
骤　雨　/　224

晨 茗 / 224	感 恩 / 232
蝉 / 225	怀 旧 / 232
青 灯 / 225	抚琴有感 / 233
临 望 / 225	望长安 / 233
关于你 / 226	千秋大业 / 233
江 风 / 226	追 忆 / 234
秋 语 / 226	孤 独 / 234
秋 晨 / 227	英雄叹 / 234
秋 色 / 227	渡 口 / 235
运动感怀 / 227	雨 夜 / 235
偶 然 / 228	自 嘲 / 235
归 乡 / 228	未央宫 / 236
重 阳 / 228	酒 / 236
山 水 / 229	与君别 / 236
旅 途 / 229	梦 / 237
禅 话 / 229	雾 / 237
立 秋 / 230	渡口独乐 / 237
秋游清华 / 230	夕 阳 / 238
秋意浓 / 230	叹年华 / 238
草 / 231	战 场 / 238
夜思商海 / 231	夜 吟 / 239
七 夕 / 231	自 勉(一) / 239
田园趣话 / 232	自 勉(二) / 239

005

母　亲 / 240	无　题（二）/ 247
夜　话 / 240	无　题（三）/ 248
一个人 / 240	无　题（四）/ 248
赶　夜 / 241	长　夜 / 248
飞　花 / 241	归 / 249
致友人 / 241	晨　语 / 249
饮　茶 / 242	中秋节后 / 249
日　常 / 242	红　颜 / 250
偶遇故友 / 242	楼　台 / 250
饮　酒 / 243	相思夜 / 250
元　宵 / 243	秋日闲思 / 251
晨　语 / 243	念家父 / 251
闲　谈 / 244	游　子 / 251
古　琴 / 244	随　笔 / 252
夜 / 244	戏说爱情 / 252
白　狐 / 245	秋　夜 / 252
初冬晨雨 / 245	世　态 / 253
他乡夜语 / 245	空等爱 / 253
风　雨 / 246	中　秋 / 253
冬　雨 / 246	思　图 / 254
梦伊人 / 246	瀑　布 / 254
夜　色 / 247	父　亲 / 254
无　题（一）/ 247	夏　聚 / 255

七　夕　/ 255	忆江南·桥头立　/ 263
古　琴　/ 255	恨春迟·友聚　/ 263
再见西楼　/ 256	忆王孙·酒　/ 263
流年似水　/ 256	卜算子·夜归　/ 264
迎新春　/ 256	卜算子·残月　/ 264
无　题　/ 257	卜算子·光阴冷　/ 264
浣溪沙·故人　/ 257	卜算子·佳节　/ 265
醉花阴　/ 257	鹊桥仙·七夕　/ 265
醉花阴·酒　/ 258	鹊桥仙　/ 265
花非花·无题　/ 258	鹊桥仙·雨夜　/ 266
好时光·阳朔行　/ 258	鹊桥仙·偶对　/ 266
好时光·偶得　/ 259	行香子·忆　/ 266
西江月　/ 259	行香子·梦语　/ 267
西江月·酒趣　/ 259	行香子·夏　/ 267
定风波·冷月　/ 260	满江红·酒话　/ 267
如梦令·故乡　/ 260	江城子·春雨夜　/ 268
如梦令　/ 260	浪淘沙·春寒　/ 268
如梦令·酒　/ 261	浪淘沙·春夜　/ 268
相思引　/ 261	青玉案·冬至　/ 269
相思引·春夜　/ 261	南歌子·雨巷　/ 269
忆江南·别离　/ 262	武陵春·冬日　/ 269
忆江南·雨　/ 262	相见欢·秋风　/ 270
忆江南·阳朔　/ 262	相见欢·闺怨　/ 270

相见欢·初遇 / 270

相见欢·欢 / 271

相见欢·暮雨 / 271

长相思·情牵 / 271

长相思·情人节 / 272

小重山·南方冬意 / 272

小重山·无怨 / 272

小重山·早梦 / 273

小重山·游子意 / 273

小重山·偶梦 / 273

小重山·归期 / 274

小重山·酒 / 274

小重山·念父亲 / 274

小重山·流浪的人 / 275

小重山·他乡 / 275

蝶恋花 / 275

蝶恋花·愁思 / 276

蝶恋花·雨 / 276

蝶恋花·夜梦 / 276

蝶恋花·冬夜 / 277

蝶恋花·辜负 / 277

破阵子·踏浪 / 277

破阵子·深夜 / 278

念奴娇·无题 / 278

一剪梅 / 279

一剪梅·无题 / 279

一剪梅·遇故人 / 279

第一辑

现代诗

渡 口

我在夜的渡口
摆渡,向往黑夜的人
水里,映满了表情
鱼都感到惊讶
泥鳅,钻进土里,那是最美的世界

向寒风吹了口气
雾是上帝给的礼物
看不清,你在远处的诡笑

丢下桨
一切才刚刚开始

家里的狗,找不到玩偶
看着它失落的眼神
我的曾经,在它眼里重现

风吹过来,我也成风
更漏,是出卖时间的元凶

未知和已知

把蓝色印在手心
期待每一次下雨的蓝
黄昏缓慢
很干脆,我一口吞下
月光也无法劝说
要见的人,终究要见

夜和昼的裂口
院子里的含羞草
悄悄合上

没有人知道,下一秒的天空
抓住未知的尾巴
已知瑟瑟发抖,像个无助的孩子
搞笑,诙谐,滑稽
不可理喻到不值一提

以俯瞰的角度
生命其实有,也可以无

环节连接的勾

清欢浅笑　甄选集

就是天堑，在已知里不可逾越
正如
竹篮里的水，满了，也空了

有些人想离开，却不能离开
有些人不想离开，却不得不离开

你看，风把风吹来了
无人知晓，但已被提前告知

故　事

今晚，把时间铺平
故事的卷轴
在墨香的纵容下
放肆地舒展
一撇一捺
却用尽了一生的光阴

有些好看
有些也不好看
点评的人
也正在挥笔等待别人的点评
努力讲着故事

也在经历着
像山间老树的年轮
不同的间隙
记载了有缘者的解读

我们喜欢看文物
每每端详
又何尝不是对故事的好奇

清欢浅笑 甄选集

琢磨别人故事的人
背后正有直视者琢磨

一颗会醒来的种子

远山,在飘忽
我招手,送去一颗种子
还有这个春天的风
微笑着,说着没有语言的对白

时间打开的裂缝
很巧,我用故事可以缝补

湖面的水,潮湿,有雾
模糊了我多情的双眼

我努力拂拭这片天
倒影,才是真相
青草嫩绿的样子
似曾相识
年少,我在镜子里见过

给静谧一个水漂
涟漪散开的时候
一圈,一圈,又一圈……

清欢浅笑　甄选集

在我瞳孔里
我隐约看见
一个世界
一个熟悉的世界
虚幻，但真实

我转身的时候
带走了一天的白

这座城市
仰望，是满天星辰
俯瞰，是万家灯火
远处，醒来的种子正在叫醒睡梦的人

一段往事

一双眼睛透过夜色
窥探
城市的灯光
或者是
曾经的烛火

过去和现在的光影
在声音里切换
我听见了,看见了
那时的你,这时的你

顿时,我满眼潮湿
紧紧拥抱了生活
说好的记得

在历史的角落
顽强
信念那倔强的模样
像极了当年的转身
义无反顾,向炮火而去
仿佛看见了现在的夜色

清欢浅笑　甄选集

烟花,是很璀璨
但也刺眼
不知道,你是否也在看
那个地方的花应该又开了
那里的故事
一段,一段……

在流传
入流年
看着花丛
笑出了眼泪
这一次,我松开了我
夜,如水

烟 花

今晚
紧紧盯着烟花
绽放
把美进贡给黑夜
而夜,真的就照单全收
甚至不留痕迹

看烟花的人
转身离去
去猎取另外的乐趣
真的那么不假思索
放烟花的人
终归还是把静谧还给了星空
谁都不认识谁
谁都不记得谁
有那么一刹那
想抓住灿烂
流星过后
我松开了手
给黑夜一个承诺
给自己一份自由

清欢浅笑 甄选集

短暂的
不是绽放又散落的烟花
而是不记得了
有人记得的故事

再读苏轼《江城子》

遗憾不属于别离
而是生和死
看不见
却只能梦见
墓碑上的姓氏，名字
雨给模糊了吗
想写信问候
居然找不到地址

依稀曾经
道不尽的美好
越是回想
越是悲伤
再做个梦吧
说不定，又相遇了呢
谁说，梦就不是人生
况且，人生
又何尝不是一场梦

你的样子,我将不老

不经意间
窥见你的样子
这老态的肢体
我黯然神伤

这一次
我居然害怕起了岁月
我开始翻看
各个人年轻的模样
和现在的容颜
心慌,沉默
有一股意味深长
穿越夜空
尝试着去触摸
时间的尽头

这会儿
需要一杯烈酒
53度,不多不少
让我的视觉模糊
勇敢地对着镜子

端详，端详

这熟悉的脸庞

敬一杯过往

敬一杯未来

就要这不偏不倚的模样

来抵挡，别人口中的岁月漫长

来一纸赌约

我将不老

第一辑　现代诗

平凡的

头顶的烟花
绽放在整个夜空
欢呼，雀跃
流星都来助兴
城市里长满高楼
欢呼就显得弥足珍贵

欣赏这繁华的世界
有仰望的，有俯瞰的
有朱门的酒肉，有路边的冻骨
有看你很近的，有看你很远的

突然，想唱一首歌
与现实做个对话
说不想说的，说不敢说的
来杯酒，把尊严灌醉
这一次，溺爱于平凡

时间的界限

今天,我握着时间
深情地抬起头
往前看

风,带着翻滚的叶子
装饰了冬天的萧瑟
不忍回头
其实也是不敢回头

那些无声的足迹
像魔术师手里的道具
什么都可以发生
永远出乎意料
在时间的界限徘徊
走出时间
走进时间
原来
我们就是一个钟摆

在时间里等你

这一次
你来得很突然
我不知所措
你红着脸,走过黄昏的界限

我拉来夜幕
不敢看
以为我看不见
以为你看不见

有一天
天亮了
我感觉到了时间
在等你的时候

渡　口

我在渡口燃烧寂寞
路过的人
饱含疑惑

来年
再次经过
很多人
都过来借火

角　色

走过的印记
都是标记着越来越多的角色
像川剧的脸谱
一层一层又一层

观众的表情各异
真容却只有镜子才能看见
有时候
无话可说
有时候
无处可说

线 性

我在空中画了一条线

从生到死

这简单的线性

却因为弧度

宇和宙

命与运

迥然不同

诺 言

诺言输给了时间
我侧过脸
烟雨满眼

扁舟下的江水
也变得涩咸

一把古琴
在帆下
静静地，静静地等
等我拨动琴弦
散音，泛音，按音
与昏灯一起

试问从前
有一缕檀香袅袅
仿佛，你就在对岸

南方的午后

南方的午后
温度有了别样
摇曳的你
更娇艳地绽放

在风中
在有缘人的心中
迈着步伐
去丈量时间
本身就是个错误

正如
无论信仰多么滑稽
还是生活充满怀疑
人们总是习惯
把日子过得平淡无奇

再回首

我采集了整片夜色
铺满了曾经的路
给回首一点色彩
紧握怀念
去抚摸破晓
和岸边那不为人知的脚印

垂钓的人
不管风雨
一叶扁舟就是完整
心事述之予鱼
上钩者
一厢情愿
问号刻在鱼钩
江水带走了一切的答案

风雨再次来时
有心人
在岸上回首

下一个春天

有一次
你把头埋进树荫
擦掉眼泪
抬头
笑看整个春色
总是期待下一个
总是怀念上一个
春天

为何而来

远山,阻断了我望你的视野
华发,挑染了我等你的颜色
伫立窗前的背影
背着光,看不清情绪
也许在期待那一园春色吧

有一条路
长出了脚印的化石
金黄的树,出卖了整个季节
有一个人,数着回忆
缝补着一道道
裂开的痕
风吹过来,像极了那熟悉的吻
绚烂了整片空白

来不及想
来的脚步声,就已经远去
以为的美好,被钉在午夜的墙壁
可恶的闹钟,一直无声地提醒
这一次,把过去埋葬
殊不知

第一辑 现代诗

被埋葬的
居然是
自己

断　章

存在，在尽头
嘲笑不存在
不存在，存在于
不存在中
是什么在流逝
真正流逝的是什么

谜 语

我把谜语藏进黑夜
流星用生命划出的光
寻找着谜底
仰望长空
眼睛里闪烁着答案

追光的人
总带着影子
走夜路的人
总是孤单
每次揭开谜底
谜语咧开嘴巴，嘲笑着

墙

小时候

墙不高

我与邻里的距离也很近

城市里

墙很高

渐渐忘记邻居的定义

夜　行

走在南方的街头
光，其实无序
拉长的影子
在细数，夜的原罪

多少个夜晚
都这样走着
路没变
人变了
就连这风，都可以感知
树其实是怀旧的
奈何春天一定要它发芽

走进一片黑色
整理了妆容
循着光，向夜的深处出发
梦，才是夜最忠诚的精灵
抚慰着，每一个白天的灵魂
破晓的时候
一只眼睛笑着
一只眼睛邪笑着

来听你的演唱会

歌声，装饰了岁月
我望着
汗水染了你两鬓
多么深情的模样
霓虹穿过情歌的琴弦
此刻
过眼的不是云烟
是每一段若隐若现的记忆

你好，今晚

酱香亲吻着夜阑
那沉醉的样子
清风都停留
偷窥的人
一直在邪笑

明月放大了广角
黑夜无处安放
沙滩上的脚印
踩着浪
不安分的水
抚摸着凹凸
一颗心
天狗正在舔舐
我坐在某处
等着时间
来一起聊聊
那些被故意遗失的偶然

平凡之路

站在新的楼上
望着布满瓦片的旧房
曾经的我,正奔跑在左邻右舍
夕阳调皮地挂在远山
蜻蜓落在昼夜的缝隙
唱歌的孩子
循着妈妈的声音,远去
河水,朝着百年来不变的方向
流淌,流淌,流淌……

这次,我穿着人字拖
走进每一条熟悉的巷子
露出泥石的墙体
与当时的故事
斑驳了双眼
伸手,触摸时间的深处
仿佛的歌声
让当下更加静谧

那一棵老松树
腰更弯了

树干却更加挺直

乘凉的人

有些，走出时间

有些，走过空间

那些蒲扇

不知又在何方

古老的传言

又有谁在继续传唱

时间从来没有变样

正如今晚的月亮

我们，走不出

物是人非的荒原

这次，我决定上一次当

选一条路

拥抱平凡

有那么一次

站在路的尽头
且听风吟
不经意地回望
一抹绿色
来时错过,此时过错

步履不偏不倚,走进暮色
追光的人,装扮成夜的使者
梦的精灵,穿越时空
有那么一次
看见
岁月,也在舔舐伤口
擦身而过
破晓的光,划过
渡口,又忙碌了起来

摆渡过去和未来
船桨,刻满不甘与希望
江水啊
有那么一次
从脸上滑落
那温度,是对生活的热爱

之于一座城市

来一座城市很久
就想去看大海
物质无法填补的空虚
海岸线，才是最美的裁缝
缝补着缺口，也编织着明天

熟人更像路人
路人更像熟人
每一次转身走来
或者离去
都布满了生活的情愫
抽一根烟
有时候，就需要那一层白雾
美好，才悄然而生

清晨，在山谷里打转
摘一片叶子
又是一个流年
这一座城市
我伫立良久

清欢浅笑　甄选集

城墙，都是光阴的装饰
来了，就来了
走了，就走了

出一趟远门

年少时,想出一趟远门
华发满头,仍未归来
物非人亦非
他乡的烟火璀璨
故乡的炊烟最迷人
山珍海味尝遍
一个人时
最想念,还是妈妈的味道

远行的步伐终将会停留
说回来的人
一直都在路上
不敢看,照片里曾经的双眼
梦,时常带着雨醒来
那惊慌失措的模样
像极了孩子走丢时的心情

就是这么一趟远门
有一扇门,远了
但,永远都敞开着

清欢浅笑　甄选集

记忆的列车

有一天
我登上记忆的列车
第一次,这么翻箱倒柜
却不见你的踪影
可是,这列车似乎已经超载
还不停有新的乘客上车
顿时有了呕吐的体感
我想下车,却被堵得找不到出口
一股酒味,爱上了轻装的模样

永 生

一轮月亮装饰了
整个夜空
流星,不甘寂寞
带着无数的愿望
归于远方
古老的传言
正在一一被证实
有些人
成了幸运的见证者

今夜,记忆的传接
叩开了永生的大门
但,孤独也正款款走来

关于你的夏天

这个夏天,热得有温度
余温蔓延到落日的尽头
面对满天飞霞
我深情地朗读了你的一切
没有听众
远处,一对恋人依偎着拉下了夜幕
想要的浪漫,被快速谋杀
从此,我迷上了童话

夜

与夜第一次，干杯
那清脆的声音
是迎接梦想的锣鼓
我拿起号子
忘了自我
只想与夜共醉
敬，路上你笑起来的美

拿起笔
写一封信
寄给没有地址的未来
那一份窃喜的期待
就值得今晚的感动

笑　意

我站在原处
看
秋天把叶子带走
连同你
我寻找了每个角落
都空荡无踪
多年以后
我还是站在原处
发现
视力可以被时间治愈
我看清了叶子
认识了秋天
原来，角落都装满了
装满了我的笑意

自 由

这雨后的夜
自由牵着孤独漫步
温柔,竟然无处安放
脚步声
成了最动听的乐曲
回家的路,迷失了终点

放肆的原罪
在灯红酒绿里
发酵的酒精,充斥着涣散的夜色
想要自由,像极了瞳孔放大
渴望如口渴一样
喝光了所有的情愫
挣脱了束缚
夜,露出了鬼魅的笑

穿过城市的围墙

在一个没有约定的晚上
我穿越了城市的围墙
月亮拉长了前行的身影
这次,没有看到北斗星

如果没有趣
那就喝酒
酒里有黄金屋,有颜如玉
有重逢的喜悦
有离别的不舍
有故事
有看向远方的意义

我走过荒漠
来到城市
我走过城市
去往荒凉
我习惯了习惯
我想,穿越这习惯了的围墙
你,正款款走来

在海边做一场梦

今晚,海风很柔
轻咬着我的耳根
讲述海浪的故事
被拍打的石头,都事出有因

看,那每一盏渔火
都载满归家的思念
等候的人,也一样点着灯
每一个夜晚
心事向谁说

头顶的新月
今晚格外明朗
每一寸洒落的光辉
倾泻在你的背上
我的心里
顿时,想酣然入睡
做你做过的梦

520

把黄昏煮在酒里
等流云捎来消息
别离的笙箫,又隐约起来
想重逢的酒,醉了多少年
思念的夜,总是最长
看不见的尽头,铺满沧桑

遇见,是爱情的原罪
期待,是生活最美的色彩
每一次温酒,都是时光的错觉
再见,已辨认不清
日子,其实,从未缺失

时间的事

夜，是烟花的舞台
欢呼，是绽放的期待
没开始，就知道的结局
也总有人愿意去等待
不舍，是人生最后的牵挂
脑电波的猜想，如宇宙黑洞般无限
偷时间的人，正在默默耕耘
伸手抓住时间的脉络
跳动的，是自己的心
一条野狗
叼着时间，走在时间的规则之外
贪婪的人，垂涎欲滴

一 诺

折一片桃花默诺
眺望的窗楞
与容颜一起老去
被过去定格过的画面
褪色，但又清晰

诺言的花，总开在偏途
蜜蜂捎来的蜜
甜在当季的风
眼里打转的往事
一抔土，读懂了所有

庭院，赤裸在夜空下
没有脚步声
提灯，走进梦里
在梦里，走出围墙

雨　巷

关上窗，灯火装饰了夜
温一壶酒，敬岁月流长
和曾经的曾经
未来的未来
雨，敲打着小巷
脚步声，我从未听见
却一直想听见

推开窗，让灯光透过
悄悄话，说给你听
却只有雨才缓缓地回应
归来的人，应该在路上
蜡烛把怀旧狠狠拉扯
画面，却在思绪肆虐的背后变得模糊
不可信，但又不愿意不信

想念时光机
坐在老地方，摇啊摇
看青春，看白发
后来，走进屋
关上门，没有人知道发生了什么

清欢浅笑　甄选集

希望，雨一直下
那条巷子，是现实
也是梦

烟　花

灿烂是还有的本色
夜空，终究是冷色系的归宿
想尽力给最美的色彩
为欢呼声而燃烧
在欢呼声中消寂
我努力绽放的样子
留不住，你转身的脚步

那个春天

我认真地打扮了春天
纵使即将远去
但,为了再次相遇
也值得如此付出

每个人的记忆也许不同
留恋的角度各异
每次的分别
总是携带着那份重逢的喜悦
希望,就诞生在那个春天
那个被每一个人都熟知的
春天

我抽出一片绿色
万物开始了尾随
光,是最美的介质
穿透历史和未来
梦醒的人
还在怀念昨晨的虫鸣
不喜欢快
慢有了被奢望的价值

朋 友

晚霞装饰了整个春天
老歌里,刻满了老友的模样
我走过江边,把往事垂钓
走山岗的人,正在通着电话
这会儿,清风正好
远行,风景都在眼前

夜阑如梦
终归遇见小酒
碰杯,是活着的灿烂
你絮絮叨叨的样子
是人生最美的缩影
有些话,终将要说
有些人,终将会听
梦想的实现与破碎
在这夜里,无关紧要
我们只关乎
杯中的酒,和眼前的你

需要的时候,一直都在
日常,各奔东西

清欢浅笑 甄选集

时间，从来不老
酒，永远醇香
喝过的，没喝过的

红豆的样子

打开尘封已久的手帕
模糊了你的样子
绣好的红豆还在发芽
那被刺破的手指,是否依然纤细
有情人在花轿的背影里无情
轿内的人,在锣鼓声中沉默
挣扎,是那个时代的腐肉
食肉者,比秃鹰还要丑陋

阳光总在别处灿烂
播种的人,不问年月,无关季节
期待一场雨,洗涤土地表面的污垢
和播种人心上的雾霾
曾经的曾经,如今只剩功名
寂寞的独角戏
在孤单的琴瑟中开启
没有帷幕,正如那裸露的人生

终于,又到了春天
红豆的样子
早已无人惦记

那岸边的垂柳
一直在作别
那些载满无言的扁舟
风吹过
低下头颅,看见了以前的样子
抬起下颌,就是那么恰如其分

一场不期而遇的雨

雨落空巷,有穿透时间的声响
叶子随雨而去,在未知处,孑然
洗涤过的石板路,刻满了皱纹
我轻轻走过,怕打扰,某一处的安详

灯光昏黄了整个记忆
雨,斜斜的,透过光线
好想在夜里捕捉你的踪影
玩笑,总是不合时宜地出现
于是,我羡慕这雨,可以这样不期而遇
也许,是为了谁
也许,是谁为了这雨

清醒久了,就想做梦
梦做多了,就怕黑夜

老地方

今晚,我坐在老地方
星光依旧,风徐徐
我亲吻着老时光,深情款款
不自觉,把曾经的歌,哼唱
这夜的黑,让一切洁白无瑕

有一条小巷
下雨时就会想起
伞遮不住的雨滴,湿了你我的衣裳
这故意躲不过的雨,总让人惦记
青春,在巷子的拐角,成了不解的谜题
原来成长,一直就不问东西

列车,载满了人,也载满了很多如果
每一个角落,梦,在发芽
在旧旧的包裹里
这个春天,写满赞歌

认识他乡,才有了故乡
一直怀旧,又一直喜新厌旧
洒脱的人,有过太多的放不下

喧嚣装饰着繁华大厦
静谧，往往在遥不可及的天涯

在老地方，物是人非
把温度锁进眼眶
捧一缕月光
敬来时路
敬母亲最熟悉的，袅袅炊烟
和鱼尾纹里的那份淡然

记 忆

把记忆关进冰箱
打开的人就看缘分
生锈掉的,就随时间腐烂
拾荒者,在认真地挑选
等待,交易后一份欣喜
一切都无关,只是自己的意愿罢了

经历多了,记忆沉重
不自觉,也不想,但就是想起
不情愿,也不知,但就是怀旧
需要留白,却总涂满颜色
终于明白,黑夜为何憎恨霓虹
纯粹,是最高级的奢侈品

头发少了,胡须也长出来嘲笑
认识的人多了,朋友越发珍贵
总想下笔写人生,又自嘲才疏学浅
如果一切都记不住
是否才是打开美好的金钥匙
真实,在本性里探出头来

生活的样子

把屋子布满生活
装饰得无可挑剔
如窗外的阳光，羞涩得透过云层
落在陈旧茶几的边缘
很巧，映入茶杯
半慵懒状，一饮而尽
这午后，我满腹光阴

墙上的写意，定格很久了
熟悉的场景，在现实，在梦里
都有
通往书房的楼梯，我仰头而上
这次，不是泼墨挥洒，是琴声悠悠
墙外的听客，也叽叽喳喳的
绽放的含苞，给这春季狠狠一把颜色

读着古老的诗，尝试跨时空的交流
没有声响，看秒针嘀嗒的样子
我似乎看到了诗人的模样
和走过的风雨足迹
似曾相识，又略带陌生

清欢浅笑　甄选集

清晰与模糊，临近又久远
星空记录了一切
时间微笑的样子
有时，真的很可爱

我攥紧拳头
握住了生活
某年某月，我开始描摹你的样子
这次，阳光依旧

偶 遇

我探头遇见黑夜
和命中注定的人
三杯两盏淡酒
羞红在脸上放纵
言语装饰了夜的颜色
痴狂的人，卸下了一切
在马路上
像个孩子，是个孩子

总要在一个地方道别
难得，是世间最美的两个字
再见，在背影里萧瑟
害怕转身
毕竟，风没法吹干那份情愫
做梦的人，永远充满期待

如果可以不醒
那就把梦做到底
把一点一滴
摆放到该在的地方
怀念，确实需要逻辑

清欢浅笑　甄选集

正如我,编织的线
牵起两界的故事

尝试着,让偶遇完美
夜,终究臣服天光

年　华

我隐藏了年华
在一首歌里，把文字深深刻画
下过雨的窗台，雨还在下
在日记里，找到一块时间的橡皮擦
模糊，回馈着不情愿的长大
我曾经是一个孩子啊
我想做一个孩子啊

繁华把足迹摩擦
看得见的，看不见的
伤疤
在柏油路上，任歌声挥洒
酒精里，自愿做一个
无须装傻的傻瓜
孑然一身，在风起的路口
谁还记得我吗

一头华发
在灯光粉饰过的夜里
显得异常尴尬
每一张醉生梦死的皮囊

清欢浅笑　甄选集

到底是为了啥
梦醒时分
真正爱上的
是一个没有脚本的剧本杀
更漏
开始筛选，一路一路的年华
或许，有你，有我，还有她

初春的选择

突如其来的春雨
潮湿了周围,包括记忆
厚厚的雾气,阻挡了视野
幸好,远方是在心里,在脚下
不习惯这样看你,看这样的天气
我选择撞进你怀里
聆听,那不为人知的喘息

经过了整个冬天
想起门前的老树,和那口深深的水井
嬉戏的画面
在水里的倒影清晰可见
记得,那时候天更冷
而我,满头大汗
给了冬天一个大大的叛逆
后来,我选择背井离乡
再后来,思念起了家乡
那一缕炊烟,那一抹夕阳
和母亲饭菜的味道

光阴太过认真

清欢浅笑　甄选集

不让人开起玩笑
总是无情地一去不返
走着走着，路异样了
说着说着，人变换了
想着想着，不记得了
念着念着，人老了
刹那明白：没有选择，美好才正式开始

跟烟花有关

璀璨了一晚,天空都染色
孩童的目光,折射多年后的憧憬
放烟火的人
点着了导火线
点亮了夜里有向往的心
这满天的光,是眼睛的汇聚
伴随阵阵声响
路,开始清晰起来

看烟火的人,想看到看不到的
放烟火的人,想让人看到看不到的
和谐,在不同的表情里描绘
各取所需,是人性最祥和的体面

黑夜的后面
终将平静
看着镜子里的自己
痞痞一笑
无非烟花,只此清梦

一个莫名的夜晚

突然,路上追光
在一个别离的晚上
听着熟悉的旋律
记忆里都是过往
那抹不掉的脸庞
和被时间洗涤后,渐渐模糊的模样
最不应该的是
这突如其来的,黯然神伤

不喜欢这样的夜晚
莫名,爬满了落地窗
反侧辗转
耳语的余音
让唇语无处可藏
那情不自禁的颤
成了终身的惆怅

不能想
把眼睛闭上
无眠
是经历后
无法选择的陪伴

写在一个没人的晚上

听一首歌
写尽了烟火气
每一个旋律
都是生活的光影
被偷走的日常
在钟摆的声音中
唤醒
微光,是年轮里的斑点
总是不经意,湿透了来路

我举起双手
示意过往
转身的姿势,我练习了无数次
不完美,是活着的触觉
这时,我怀念门前麻雀
不为所知的叽喳
像一位歌者
唱着,不同阶段才懂的歌
离去的,一直都在
记住的,都已模糊

尝试着,给世界一个素描
黑白,不应该是主色调
比如,那彩色的微笑
早已透过纸张
风,卷走了
如同,那被人熟知的季节
我,已在画中
在风里

我忘记了

我忘记了
冬天的寒冷
只记得那缕透过斑驳的
暖阳
和你微微抬起的腮
似乎，很多人在窃窃私语
那个季节，很干脆，很清透
后来，一切都很平静
平静如宇宙混沌未开

刹那间
视觉的记忆被时间抽离
而那味道
一过，便一切知晓
似孩提时，妈妈的味道

两个人久了
一个人居然忘记
睡觉的姿势
空旷成了累赘
拥挤才是人的本貌

听着窗外的猫叫
原罪，在天花板爬满
寒战
惊扰了北方

渺小，生来注定
不屈，是挣扎的模样

晚　安

这冷风，来得突然
又到添衣的时候
看到旧衣，又想起故人
多次想起，模样却越来越模糊
原来，真的怕忘记，会忘记
人，怀旧
却一直喜新厌旧

夜，自觉的黑
入眠的仪式感
总会伴随一句：晚安
伊人，不问何妨
毕竟，梦，终究会醒
毕竟，说与听，是同个人
同自己幽默
才是生活的本质
拈花一笑，定是永恒

做个梦吧
趁还有温度，在被窝里
这舒适度，是我微笑的姿势

清欢浅笑 甄选集

任何人，来和往
我在乎我的在乎
你在乎你的在乎
哦？ 这世界原来，大家都来过
失敬，一个眼眸
失敬，一个转身
以及，那不经意的一声问候

不 说

很多东西，不忍回看
因为都写满了破防
把情愫锁在眼眶
有那么一刻
不顾一切，又有何妨
人，生如蝼蚁
但，可活如大王

一个季节又一个季节
不想去想，就越想
想忘，越难忘
今晚，我爬上岁月的墙
第一次，静静地
静静地
看天上的月亮
和地上，没有温度的霜
影子，也有伤
经历多了，也就习惯

可怕，可怕的习惯
蜷缩在墙角

清欢浅笑　甄选集

看这世界热闹的模样
看过江河大海
我只爱天上
那没星星的月
和那缕不识趣的风
凉

静待花开

昨夜突然西风
吹进梦来
沉睡,不觉苏醒
楼下的树最先回应
摇曳着年轮,让叶子旅行
期待一场雨,洗去曾经

把时间刷在墙上
又看着慢慢剥落
叼着画笔,冷眼
冷在嘴角的邪气里
不能温柔,岁月一直无情
伤害填平的纹路
疼痛,在神经末梢放肆
药,在跳动的心里

低头,是爬上楼梯的姿势
钟南山下的草屋
被风吹乱,
故人,在故居的纪念册中
游荡的灵魂

清欢浅笑 甄选集

找了一处庭院
看着云
真的想静待花开
即使,种子还没找到

鹦　鹉

有一天
我突然学会了讲话
讲他们的话
讲我不知道意义的话
他们很开心
我很揪心
我是鹦鹉
他们是猴子

我从小讲我自己的话
因为禁锢
为了活着
学起了舌
其实，我的语言越来越有价值
只是没人听，没人敢听罢了
最后，一些同伴成了哑巴

看着这个世界
他们觉得我很好笑
而我，觉得他们搞笑

广州的冬

我热爱冬天
你可以深切感受我的温暖
不管当初,不顾以后
这样的突然
我向往,也想拥有
犹如今晚的风,微冷
我抓住了,第一次
正窃喜

听着歌,在车里
画面蒙太奇
曾经觉得好听
如今觉得好懂
经历的车轮
无情地驶上时间的桥
眼角的温暖,是生活的馈赠
生来如此,无须多言
反复听同一首歌
有歌手,有自己
这夜没有别人
寂寞的虫。爬满回忆

酒是最好的杀虫剂

不再心痛
因为不再年轻
所有的一切，尘封在文字里
不要问归处
来时路。在笔下
渐渐清晰
今晚注定无梦

留　白

我在昨天的时间里

刻意留白

也留一条路，不再回头

两旁的落叶，飘零

很美，很美

我在叶子上写满心事

很巧，有一叶，也留白

风从我手里卷走

其实，我知道它将去往何方

长舒一口气，走过了一个秋天

昨晚居然没有梦

原本以为会梦见很多

很多刻意留白的桥段

但真的没有

今晨的风，略急了

似乎想快速清扫什么一样

也确实在清扫什么

毕竟，要给昨夜留白

给新的落叶留余地

更何况，还有新芽呢

琴

三千年,没有痕迹
今天,我把时间弹奏
王侯将相,**魑魅魍魉**
被时间的漏斗一一筛选
在书里,在墙上,在光阴里

很惭愧,也很庆幸
我遇见了秋天的风,遇到了四季
每条路的风景,都要去欣赏
错过,实在不应该
同行的人,在照片里
即使有了白发,那也是一种眷顾

不知趣去探索时间
以为很多修行
年长的时候
才发现,不修才是修
日子,往往最真实
人心,不提也罢

世间与我

我跨过山河
来不及看脚底的泥泞
晚霞,让我沉醉
初心的喜悦,与这晚来的风合拍
撩动琴弦的人
对这世间,正襟危坐就这样
身为凡人

读了很多书
见了很多人
走了很多路
就为认识自己
寻找一个一样的自己
真假不再关注,只关心月落日升
喜欢那一束炊烟
有曾经的味道,现在的模样

交个朋友吧,与这个世间
就凭那风,那雨,那草木,那花鸟
那在时光里款款走来的自己

和那熟悉又陌生远去的背影
淡淡地交往
不念过往,不恋现在,不想未来

关于自由

我放开了手
给你想要的自由
你放开了手
给我想要的自由
我张开怀抱
给你想要的承诺
你张开怀抱
拥抱属于你的承诺
后来，你的样子没变
我在自己的岁月里，慢慢老去
每年这时候的风，都往北吹
一头长颈鹿，在围墙里眺望

曾几何时
在无的初始追寻有
又曾几何时
在有的尽头怀念无

为何遇见

夜,果真是一片海洋
我们,都在寻找——岸
那么多漂泊的船
都没能让我们看见
浪,拍打沙滩的画面
注定,终将在夜色里相遇
忘记,却成了最大的幻想

每天的一句:晚安
把世界的墙
深深刺穿
不谈论爱,仅仅一件衣裳
就把所有的心事装好
等待某一个季节
有人来把它埋葬

夜深了
梦的爬虫,在边界撕咬
幸好,有明月
破晓,有人开始说:早安
不遗憾于遇见

秋

秋天发了邀请
踏落叶而去
多情的风，吹拂，想挽留
彳亍的我，莫名留恋
那天与你走过的秋
搂着腰，秀发摇曳了整个季节
狂欢，是孤单的释放
多少个夜晚，惦记着白天的蓝

拥抱，是久别不逢的亏欠
在一首歌里，找到了心境的写照
号啕大哭
突然发现
这次，眼泪里没有了悲伤
这行囊，在夜幕浓烈里埋葬
孑然，回首已是天光

给 月

孤独的清欢,给夜添了色彩
那一条街,有人来过
那晚的月,一样
而我,早已不同
爱上酒的缘由
这月,最明了

不自觉,玩弄起文字
做一天爬虫,把过去翻阅
不是看不见,而是不看见
羡慕鱼,记忆短暂,甚好

古人,对着月
喝酒,喝酒
我对着月
喝酒,念古人
干杯吧,古人
干杯吧,时空
我们何曾相似,似曾相识
重复,才是时间存在的意义

清欢浅笑 甄选集

别笑
有人正在笑你
看,那月

时间的河

划着一成不变的舟
在时间的长河里
打捞，曾经的月色
穷其一生
记忆长满花斑
月色不见当年

与倒影来个拥抱，很紧
不给思念留缝隙
孤独的气味，让鱼都白了肚
我再次顺流而下
心跳，是活着的唯一体征

有一条河，我走不出
因为你曾经太黏人
有一条河，我不想走出
因为你曾经太黏人

城市的墙

暮色，蝼蚁爬墙
前赴后继，头大腿细
风过，白费力气
雨过，白费距离
不知用了多少年月，依然在墙一边
也许想去看远方
永不言弃，甚至
有些力尽精疲，有些已被忘记
更残忍的
墙的另一头
正密密麻麻
这世界，恐怖
这墙，恐惧

十 年

这一次,很意外
你在唱着跟我有关的歌
我却不认识你
点了一瓶酒,没有打开
就这样坐着,听你唱,听着你唱

那十年,在酒瓶盖下发酵
有人见过你的秀发吗
或那酒后的模样
歪歪斜斜地走出了门口
走出了光阴,和我的视线

时间久了,开始不去问为什么
就如这没打开的酒
没有品尝
就不会知道滋味,多好
酒杯也倒扣着,这样就不用从头
也不会有故事
就静静地听一个陌生人
唱歌
唱与我无关的歌

清欢浅笑　甄选集

人越来越多
酒还在那
我，走出门口
又走进一个十年

一个小女孩

早晨
一个小女孩，在我办公室门口写作业
中午
一个小女孩，在我办公室门口
写作业
哦，还在沙发上睡觉
偶尔也喝水，还吃着点零食
傍晚
一个小女孩，在我办公室门口
坐着，低着头，抽泣
还有她妈妈，看着手机
就这样，双双坐着

我，突然恨起了这样的大城市
我略显无助地逃离这场景
这回，我眼角的温度
也许不是因为对这片土地，爱得深沉
哦，没有也许
我想，我知道了
我为什么喜欢没有灯的黑夜了

楼 台

我走过岁月的楼台
静候
消息风里来
粉墨染过的色彩
是你遗落的裙摆
用回忆把暗尘揭开
转过头，害怕真相
留个悬念，让我猜
最美的画，就是黑与白

一场雨，落进心怀
断发编织成伞
不去打扰，静谧的爱
院子的落叶知秋
我在冬天把冰雪掩埋
一条深深的路，和那辽阔的海
吹箫的夜晚，为谁等待

思 念

今天的思念很是调皮
在天花板都发出了声音
在人潮中只有一双眼
我在高楼上
心跳的琴弦，落满了孤单
躲在玻璃后的影子
最是让人难忘

给过去一个拥抱
没有转身，背对着背
故事被折叠
放在口袋，一起走天涯
不带思念，只有每晚的一句"晚安"
这次，我不在人潮里

繁华的都市，在楼宇间缄默
有那么一片夜色，纯黑
我确定，我爱过
一生，就想走过那一座城市
不遇见，任何人

游 泳

想学游泳，不用换气
游出夜的边界
去扒开生活旋涡的风口
这次，没有别人
站在风的源头
道德的制高点，子弹已经离膛
旋涡，被某双眼睛看到了底
眼角有温度，人间也值得

渺 小？

一粒沙，没人看见
一座山，令人敬仰
踏沙而过的他
在山下虔诚低下头颅
嘲笑的轻蔑
世间总容易出现反转

不确定性
是成长最惊艳的魅力
今天，明天
谁是谁
谁又是谁
昨夜的昙花开了
很美
昨夜的昙花谢了
很美

看见了爱情

阳光

融化了曾经的印迹

马背上的你,映在碧绿的河里

回眸的莞尔

点燃了我的心火

我化作骆驼

穿过沙漠,不畏酷热与苍茫

把你寻找

跨过山河,不惧严寒与荒凉

把你拥抱

在梦里,你是圣洁的白莲花

招引我,一往无前

在心里,你是最动人的音弦

撩动我的舞姿

两者,完美无瑕

我在繁花似锦的栈道

等你

等你姗姗来迟的模样

醉人心弦

落日熔金的傍晚

见证了最坚贞的誓言

我在白雪飘飞的毡房看你
看你色彩艳丽的舞妆
我徜徉在历史的画廊一般
拥你入怀
这晚,刚好不需要星光

相遇的赞歌
在晨曦就已写好
雾气还未散去的草原
我在路口候你
这路,你是唯一的来客

有一天
光阴折射在过往的水平面
我淡然
抚摸着琴弦
眼里的光
透过一层一层的墙
落在,不为人知的远方
寻你,无时间无关

天空的秘密

今晚与天空对视
他红了脸,我动了心
我想我是恋爱了
这情愫,似曾相识
微风吹过,带着夏天的温度
急促,微微汗
我与你相拥,融入夜色

城市的灯光,不诚实
谎言麻醉寂寞的神经
熙熙攘攘走过路的拐角
害怕遇到熟悉的人
行尸贩卖着走肉
只有头顶的天空
静谧,俯瞰的态度,充满秘密

倒挂的灵魂,总在门外逃逸
年轻的人,已经老了
白发的老者,略显青春
意味深长地教唆
镜子里的自己

第一辑 现代诗

正对着夜空
似乎捕捉了秘密
那微笑
尴尬，也不尴尬

光

每天
在昼夜的边界,修补
那如期而至的,黎明
看过张着大口的夜幕
听过风里吃人的故事
把思想摁进泥土
潇洒转身,等待
一头秀发的你
在黎明前,生根发芽

一池荷花,盛开
真的盛开
嘴馋的孩子,期待莲子
水里有蛙鸣,毛丫头涉世未深
栽了跟头,浑身是泥,但纯洁地笑
一身洁白的大人,里外都是污泥
今天,阳光特别,确实特别

往回走
却在一直回头
这次,我毫不客气选择出卖

出卖自己的秘密

给到天光,不求回报

原本,我就不属于这个世界

呕 吐

今晚,我毫不犹豫走进生活
烟火气,好美
我捡起一根火柴
点燃人间万家灯火
你看,那漫天星河,不敌
灯光里的你我
和那夜色无序的洒落

随手递过一杯酒
一饮而尽
窗台的颜色,张大着口
吞噬一个个流浪的灵魂
酒精,让生活跳动
劲歌热舞的青年,瞳孔怒张
绽放,绽放,释放
寂寞,在角落里邪笑
小二的酒,总是及时

见多了的人,呕吐
喝多了的人,呕吐
这该死的世界,呕吐

江 山

江山如画
英雄都在自己的城邦里涂鸦
美人如云
好汉在温柔乡里挣扎
战场其实都很平静
硝烟都在人心里

今晚，在江山指点
无论苍穹万变
剑的方向
万马奔腾
这里没有胭脂美酒
没有心怀叵测
眼中只有战壕
心里有要攻占的城池
战旗飘扬的地方
就是梦生根的土壤

来一壶茶
把风尘抚慰
漫漫长夜

清欢浅笑　甄选集

运筹的目光
在破晓的天际
把黑暗撕开

英 雄

哭声，在肚皮里
笑声，在墓碑外
来时，一身洁白
去时，求一生洁白

污垢，在成长中堆砌
洗涤，是经验的雨水
学说话时，喋喋不休
会说话后，静默不语
小时候，笑得很灿烂
长大后，只是灿烂地笑
黑夜里沉默和怒吼
梦在醒来的刹那破碎

在废墟之上
建造城邦，做自己的王
孤独做成了衣裳
我愿仰头攀峭壁
不想低头顺台阶而上
元宇宙里的想象
那，就是英雄的模样

清欢浅笑 甄选集

英雄，之所以泪流满面
只是在努力回忆来时的模样

我不经意走过

江河辽阔
独爱那昏黄的灯火
南向的窗
有人正在等我
和那飘摇的承诺
恨透了阴差阳错
今晚
我把你的样子
一块一块地拼凑
拼成的时刻
记忆零落
原来,每次走过
仅仅是过客

那天的晚霞亲吻天际
我遗忘在你的秀发里
山河住进梦里
飞过的蚊虫,都觉不可思议
润雨惊扰了黎明
晓风送走残月
我要了一片芳草萋萋

你绽放如花儿美丽
懵懂的人
往往泄露了天机

此时,我淡然走过
那装的样子

充满了唾沫和灵魂的龌龊
曾经的我,如今的我
是谁的过错
万般思绪
更与何人说
如此这般,这般如此
我把红尘写成歌
送给扑火的飞蛾
在那抽丝的深处
把岁月无情地蹉跎

这场雨

这场雨,被狠狠地摁在天上

天空憋得乌黑

风耍起了调皮,却被雨打得零散

仰望的瞳孔,睫毛潮湿

被洗涤过的脸庞,苍劲但不失温柔

端着的灵魂,没有滋味

泥泞的双脚,与土地相拥

都说彼岸花长在阴阳交界处

向阳的光束,从不信邪

奈何桥残断,忘川河干涸

强大的人,不求来世

只要今生

雷声轰鸣,眼神是最明亮的闪电

走夜路的英雄,无须人明了

你说你想去追风

听到的人哭笑不得

但你终究去了

就像这场雨

清欢浅笑 甄选集

无论如何,终究是来了
人生一直静谧
喧嚣的是心外的尘埃

今 夜

夜晚的蛙鸣

在城市的中央放肆

仿佛山中的景象

今夏的雨，狠狠地下

把路淹没，把足迹也洗涤

记忆的包袱，轻装才是人生的样子

蛙鸣是在呼唤明月

因为夜灯，容易让归途错乱

风抚过树梢

经历多的人，选择了缄默

加法的年月

酒绿灯红，即使有再大的雨和风

填满了所有空白格

眼里的光，被棱角偷走

有时候，酒多了，说很多

有时候，人多了，不想说

矛盾，撕扯着光阴的波浪

出发前的背影

在马路边，被廉价地贩卖

这不，又有一群背影，款款走来

清欢浅笑　甄选集

那得意的样子，谁不曾熟悉

趁没有老去
把院子的花修剪
是我的样子，是花的样子
也是你的样子
调皮的小猫，总是惊扰，也许寂寞吧
看着散落的残红
生活有了情趣，犹见你不经事的脸
做起了今天和明天的红娘
嘲笑，恰似你的温柔

我关向了北向的窗
对着南方，深深鞠躬
那，就是故乡的图腾
今夜，我注定梦去远方

光的故事

好奇

今晚的月亮朦胧

但也照亮了夜

我躲在角落,黑吞噬着

我闭上眼,恐惧却在寻找光明

一直期待,月亮在楼宇间转角

也庆幸,天终将会亮

曾经

我低下头颅,征服高山

在顶峰,仰天长啸

那是我见过的,生命最美的模样

犹如云层里透出的光

此生难忘

风,带走了夏天

我在玻璃窗内张望

荷花正在倾力埋葬整个夏天的余温

不惜凋零

那颜色的渐变

透露着生命的光辉

清欢浅笑　甄选集

我扯上窗帘
梦，滋生在天花板
和我嘴角的一抹清香

关于时间

下着大雨,广州
我翻过夜的藩篱,把时间狠狠摁住
留住一抹别样的黑,与你一起
松开手,原来一无所有
只有湿掉的衣裳和那被扯落的情感
寻找,找寻,时间错落的眼角
一切不是忘却,是走出了时间的界限

这场雨,真的突然
再大的屋檐都遮挡不了
奔跑也已经来不及,雨更紧了
困住的空间,在膨胀
眼里的光,绕过物质的存在
燃烧在没有终点的跑道上
这会儿,我心甘情愿,做情感的奴隶
脆弱得像迷路的孩子
哭喊着寻找回家的路
这时才发现,世界真的很安静
与自己无关
雨越来越大

清欢浅笑 甄选集

会痛，是因为爱得深沉
哭的时候，世界才是晴朗
把时间认为是虚无
春天的种子
正在迎风发芽
而你，也款款走来

惹不起的

蓦然回首，经年故人
晚餐的烛光还在摇曳
青涩的样子，在昏黄中慢慢长大
不记得当晚的语言，也无须语言
就那样看着，像一幅画
一直在淡淡地微笑，面对这个世界
短发点缀了窗外的黑
零零散散的光点，完完整整地落在眼底
今晚的夜，惹不起

院子里的树长高了，那时还是苗子
年轮记录着我每次的往返
把一段惹不起的光阴，刻在树皮上
风吹不走，雨淋不湿
记忆其实并不是一样光滑
有皱褶，偷偷存着的，像陈年的酒
好喝，但容易醉，也不敢喝
偷香的精灵，羡慕着，也惹不起

做梦，梦见在山腰
背着不明物

清欢浅笑　甄选集

天寒，地冻，无人
没有退路
有猛兽，有飞禽，有龙吟
有山顶的祥和
决然，孑然，上山峰
风轻云淡，畅快
在梦里醒来，微微笑
其实，一直在梦里

你一切如故

没有回响,跟打水漂一样
涟漪都是奢侈品
情绪的奴隶在跳跃,叫嚷
水里的鱼,吐着泡,翻着白肚
这个春天,因为你,有了醉酒的模样

放牛的娃,牛背写满梦想
牛的勤恳,是对大地的回敬
唱着歌,咀嚼着身后的脚印
吞噬着远方的清风
有时候到山顶,看你,渺小
有时候到谷底,看你,魁梧
一场雨,洗涤了老树的年轮
竹子,正在飞速地生长
一个口哨,飞鸟遮天
你说的远方,在田野的黄花处摇曳
回眸,你在月下,静默
一副来时的模样,不偏不倚

喜欢一个人

摇晃过整个冬天,甚是执着
春天最后的倒春寒
也摁不住盛夏的热腾
你看,那老顽童正喝着酒
讲着他多年前的趣事
说那时候喜欢一个人,很纯粹
现在喜欢一个人,很直接

偷偷喜欢你很久,很久
把感情用信笺包裹
害怕你看到
又希望你戳破
面对照片把誓言承诺
却在风里被时光涂抹
多年以后,我在原地放着烟火
听说,你在远方想着我
我对着天写下
没有勇气,不是懦弱
是终身的过错

窗外的新月倒映在酒里

第一辑 现代诗

这酱香的味道，恒久
就如你留下的记忆
轻轻地吞下口水，到喉咙，到胃里
到不知去处的远方
喜欢一个人，很美
喜欢一个人，夜不能寐
喜欢一个人，在梦外，在梦里

南方的南天

很突然,下起了雨
开始了南方独有的潮湿
一点都不陌生,对你来说
如今,我眺望北方
期盼的声音,在雨滴里
也有了湿润的味道
陌生把熟悉凉透
那多情的样子
在电视剧里,被写进了教材
而那南来的风,能否到达北方呢

窗外的蛙鸣不断
与夜的静谧背道而驰
我脱掉尘衣
沐浴,洗去岁月的污垢
洗掉那该死的曾经
有泡沫,在浴室里破灭
一个又一个
唱首歌作为祭奠吧
夜空亮了起来

躺床上,给白天一个敬礼
戒掉酒的光阴
没有了文艺的气息
只觉得在抽湿机里
有一些东西在慢慢溜走
梦,来了,做不醒

活着本身就是意外

今天开始
做梦,做了一辈子都做不完的梦
一切都依然春暖花开
无论你睡去或者醒来
在满天星空的夜晚
在晨曦朦胧的清晨
你在身边,天就一直很蓝

不忍心别离,是害怕不再相见
等候的人,是痛苦的,是焦虑的
是秋水望尽,是天涯路断
是烟囱的炊烟,不知去向何处
人面与桃花,春风最是无情
葬花之人,谁与葬之

生来不易,去又何难
在屏幕里哭泣的人
看屏幕的人慷慨借出眼泪
因为我们都知道:活着,本身就是意外
我们双手合十:给明天一个虔诚的祈祷
给你,给我

情与欲

我们的过往光滑无比
没有可以安放肉身的缝隙
终究有一天,我不会让我的手落空
要去触摸春天里,你爬满皱纹的脸
纵情呼喊你的名字,我给取的小名
这次的风,带不走季节,也带不走你的背影

想伸手去拨开
树叶后赤裸的躯体
瞳孔掩埋夜色,河流在喘息
秋天的凉意,化成根部的火
和天上月,把我深深炙烤
我往回走,不敢回头
害怕那眼神,在风里穿梭,不肯放过
来场雨,黄金般的雨
让我想起
一个苹果被疯狂地咀嚼,可以解渴
这次我放下,你放下我

我开始喝酒
在屋檐之下,在死亡之上

清欢浅笑　甄选集

被荒唐抚慰过的荒唐
在刀口下晃荡向远方逆行
让不朽的躯体
开始腐烂
与那时候的光阴，一起腐烂
长出历史的爬虫
在字里行间，在月光下堆满街道
直到没有碑文的坟墓
此刻，万物缄默

广 州

我在这座城市彳亍着
有时候望着深井般的黑夜
提心吊胆地等待黎明
破晓其实刺眼
看不见，到不达
是一种美好

城市里的风吹来
是清晨的，很确定
微凉，跟第一次到达的感觉一样
终生难忘
那时候满眼都是嫩芽
今天，已是金黄
曾经的远方还在远方
一把吉他
就征服了天桥
和那淡淡的彷徨

车水马龙
都是凡人的视角
把广角打开，咔嚓

清欢浅笑　甄选集

每天一个模样
拍一个刚刚到达的人
真的会热泪盈眶
这土地，很生硬地写满了
爱和恨

打翻的人与事

突然想起,昨晚的酒
在胃里打翻
给马桶做了别样的问候
连同那些人,也打翻在记忆外
按上盖,通通冲走
当作一场宿醉,断片最难得相遇

吃个新鲜的水果
盘点今天新鲜的人与事
牙签在齿缝游荡
狭窄,但也乐在其中
电视的画面闪过,战争在和平中乱舞
看向四周,幸福真的这么突然
不过也在情理之中

再多的追求,终究归土
行囊就应该轻快
不为昨日的光景言语
来杯酸奶,这味道
这么恰如其分

路过皆是过往

又一次，经过你的路口
这次，大雪纷飞
去年的积雪，还有留白
哦，这与记忆相去甚远
那棵长歪了的树
被包裹着，和你一样
担心在春天里
输给了小草
咦，如果太阳出来
天气应该就好了吧
那抹不去的残缺
午后的阳光去修补

时间是个顶级的裁缝
无论有多少裂口
都可以缝补，只不过有补丁罢了
也有人喜欢，说是潮流
年轻人啊，真是年轻
那慢慢长出来的鱼尾纹
是思想的痂，可不要揭开
你看，那只克隆的狗

已经走了半天,也没认出人
看来还是鹦鹉靠谱
学舌,就是生活的样子
雪还在下

到一家面馆
吃个狮子头,带劲
那腾腾热气,真是人间烟火
这感觉倍熟悉
只是那时对面有人
我走了
在长长的街头
雪花依旧
你走了
在我深深的记忆
无人知晓

北京之夜

我喝着酒
你讲着你的故事
未来
我们都有自己的描绘
举杯的时候
去他的
当下,才是最好的年华

不远千里
我来了
你在
在熟悉的地方等我
没有过多的言语
一杯酒
足以慰风尘
来年的春暖花开
那也是银装素裹后的模样

我们举杯敬彼此
没有酒的人生才是缺憾
多么美好的夜晚

第一辑　现代诗

再动听的曲子
也逊色，我们淳朴的话语
来吧，把过往干杯
来吧，把未来敬畏

不经意

北方雪花恨春迟
独自飘舞,许多人窗外望
思绪各有不同
三十好几年月,经历风雪夜归
华发偷长,眼里有光

不经意,看百里花开
在寒冷的冬季
窃喜,南方的春天
就是一个两颊绯红的少女
朝气又不失韵味
那么多,南来北往的客
为之漂泊,无人悔

时间不是朋友
生活才是,有味道慢品
走过的山川,跨过的荆棘
哭过的泪水,笑过的余音
说理解的都是骗子
主角方知滋味

第一辑　现代诗

有时候,我们不经意笑
是因为曾经哭过
有时候,我们不经意哭
是因为恨比爱难

江 湖

潇湘夜雨，孤舟一叶
谁家的儿女情
剑气与闪电交接
一段孽缘划过
英雄泪
淋湿了开山鼻祖的青冢
不忍顾，雨里的背影，漆黑如梦

闭关修炼，通天神术
江湖纷争依旧
欲望的血，染红了天际
再高的武功，也写不出"天下"
平静无争，才是真正的王者
你看，这通天术
包住了一夜的雨，如此清净

少林寺的木鱼，敲了几个世纪
佛法自然
红尘里多少欢笑
刀剑中也有柔情
最是那匆匆一瞥

东来的白鹤，乘坐的人
已羽化成仙
落下的尘埃
与我无关

第一辑 现代诗

一 年

收起了昨天的画卷
用成长的绳索紧紧捆绑
各色各样的表情，闪现
在黑夜里折射，那些声音
装进抽屉里，与画卷
喜出望外，奔向山海

数了三百六十五个笑话
就当作是一年，茶香打乱了计划
开水冲开壶盖
滚烫寻找茶的叶子
相遇的脚本，不需要设计
走过祖辈的路
失落在风里摇曳
吾辈
何以回望？何以明天？

无 他

天黑了，喝酒的人，在热闹着
你在讲述着，我在聆听着
眼角都受了刺激，真的很讨厌
也很无奈，毕竟这就是生活
无他

有时候相遇，没有预期，也没有征兆
自然得像日落月升，甚至我们都忽略
想说的话太多，时间总是太短
来个拥抱吧，无声胜有声
懂的人，会懂
不懂的人，多说也无益

举起酒杯，豪爽地干了
不是酒，是一份难以言喻的情感
我们不曾含着泪，生活也有辛酸
笑着活的人，才是内圣外王

烟　花

在天上绽放，是最好的归宿
仰望的人，各自有自己的思想
喝酒吧，致敬最美好的年华
合影，是对岁月的刻画
开怀，一定伴着大笑
回首，就是人生

山里的风，吹着篝火
烟花不甘寂寞
努力演绎生活
像一对情侣，回到初次见面
才发现，一切刚刚好
情不自禁唱起了老歌
听歌的人，依然年轻
甚好

在南方的冬天
泡个温泉，与冬天来一次近距离接触
犹如你，难忘也新鲜
一步一步一步

第一辑 现代诗

一直走,一直走……
很远,很远,很远……
就你和我

你要的生活

别去管谁在歌唱
你就安静,在该在的角落
忽明忽暗
陌生的、熟悉的皮囊
在旋律里,错当曲中人
夜出卖了自己的黑,五颜六色
归家的人,喜欢走错路

点一根烟,给世界一点迷乱
无须太明白,迷离何尝不是生活
要得多,路上是否拥挤
昨天落下的叶子,黄了一地
桃花也在门口盛开
你可曾看见
很多梦,太多了,就是残忍
醒着的人,在茶几前写诗歌
微微一笑,平凡之路
才是真生活

哪一天,我经过你的窗台
那可爱的波斯猫

依然望着我

我一样会绕过院子，寻找那向日葵

我会感动到流泪，毫不吝啬

迎风来个拥抱，闭目久长

一个突然的晚上

很突然，你闯进了我的世界
但是没有任何痕迹
如梦一般，醒来还记得
说了夕阳会西下，你却很倔强
月亮升起的时候
黑夜才是世界的王者

我把编好的信息删除了
把记忆放在抽屉里，锁好
在种满花草的院子
一颗种子，在发芽，与季节无关
结果的事情，就交给时间吧
弹琴的人，一江春水
这晚上，酒成了最好的伴侣

一起等待春天吧
冬天已经被狠狠摁住
那种洁白，我却讨厌
流逝太快，我又奈若何
想抓住，手被世俗斩断
这样的伤口

我自己深深舔舐

痛，就是生活的必需品

也是调味剂

经历过的人，才懂

第一辑　现代诗

元　旦

阳光直接晒进来，不讲理
我捡起昨晚睡前的书籍
你来得很快，一晚就一年
大家都去追求仪式，仪式却在角落里昏睡
数过的时间，到底存在哪里
不如是寻求一个理由
大家去做一件想做又还没做的事更好

说是第一天
第一天到底在哪里
我拿起沙漏
似乎明白了什么
阳台的花开得五颜六色
与谁都无关，包括沙漏
这透过玻璃的阳光
它自己也不知道要去往何方
这里也仅仅是过客
我流浪在这大都市里
却想着有炊烟的油菜花地
每次想开口问
发现答案就是问题本身

昨晚的食物在冰箱里冷着

放在微波炉加热吧,别冷着

翘首以待的胃,垂涎欲滴

你可以辜负了昨夜

不能辜负今朝,喜欢看你吃饭的样子

耳边传来鸟鸣声

我想,应该也是一种庆祝的仪式

原始,却耐人寻味

谁说起的爱情

昨天
仿佛看到小时候家里的狗
在人群中
拼命舔人缝里的影子
时空在眼里撕裂，西风特别紧
我转头向左
因为我知道，肯定不是你
但还是有玻璃破碎的声音
眼角别样

小巷子泥泞不堪
你在前方，已成为习惯
油菜花黄得不可言喻
我对着你说话
你对着我摇尾巴
眼睛都那么水灵
风吹过来，天边的霞云变幻
我们在吃着彼此的粮食
你走以后
我见的人多了
就越发想念

一直想给你立个石碑

刻着你的生辰八字

占个卦

如果有来生

那该死的孟婆汤

谁都不喝,谁也不提

在落日余晖的街头

相遇

你摇着尾巴,我的尾巴摇着

眼神,晶莹,剔透

这个冬天与你无关

我背起行囊
不责怪这个冬天,径直而去
这里没有我自己
即使你再热情的拥抱我不明白
生命为何物,孤单是本色吗
想看透又看不透,看透了不如看不透
头顶的八哥,在呼唤春天
你不用等,我不会与你遇见

这天,雨下得那么平白无故
这水也奇怪,无形又有形
我看着从上落下,粉碎一地
又汇入江河,流淌,奔腾
久久不能自已
仿佛看到倒影,但又自惭形秽
这人,是上帝漏掉的
青黄不接的苹果
谁咬了,滋味谁知道

别管了
追赶一下太阳吧

那是冬天里的火把，灿烂

我脱掉衣裳，赤裸才是原来的洁白

奔跑，奔跑

害怕尘埃，发自内心

就想一身纯粹的白

来迎接每一个夜晚的黑

不能与世界和解

包括你

我

我带着寂寞的笑
闯进你的世界,你说没有准备
惊慌得像逃窜的麋鹿
潜逃在遥远的遥远
我又笑了,这会儿,觉得有趣

我穿上大头皮鞋,要走出你这片荒原
不识时务的雨,让青草遍生
我倒在草丛里
等待你的经过,想扑倒你
让你无路可走,除了我
那刺眼的残红
是我等候的陪伴,直到天黑
那漫天星河,我的小舟
没有渡客,该如何行驶

我穿上羽绒服,不回头
走进冬天,去寻找一定会来的春天
而那早已枯黄的叶
真的,真的
在偷偷地笑我,就是那么光明正大

夜　晚

突然，你还没来
夜就直接黑了起来
这些斑斑点点，像极偷情的眼睛
所有人心照不宣，眼睛却有了言语

今夜
想去一个遥远的地方，寻找自己
有桃花，有水，也有蚱蜢轻舟上的诗歌
那采蜜的贼，成群结队
应该是五代同堂吧，看着都甜
打雷的时候，我把脚步葬在雨里
这腐朽的肉体，真该离开

在星星的陪伴下
你还是来了（多么希望你不来）
这熟悉的高跟鞋，红，红得有点过火
相拥的时候
孤独的草，疯长，长成夜的颜色
看见的人
灵魂都已苍白

终于对你下手

忍不住,终于还是对你下手
你爬满我的思想,像生化遗物
我的眼神都疲惫不堪
我像一条生了病的蚯蚓
两头都不知何处
于是
我斩断你
像南方冬天的花朵
把北来的风送走
婀娜地走进春天
去绽放
那延后的美丽
你临别那诡秘的笑
瘆人,但从此已不留痕迹
耍狠,就是生活的本色

爱过的人
恨就在幽暗的地方往下生根
坐等南风轻拂,南来燕子呢喃
就要破土
有些注定的墓碑,名字都已刻好

这世界充满嘲笑

江对面的狗

正对着直来的路,狂吠

也许,这是狗的嘲笑

只是没人去留意它的眼神罢了

我躺在土地上

泥沙无形地在掩盖

这没有重量的重量

让我的背,凉透了

我想咒骂,但没有了声音

望着那些七零八乱的酒瓶

该死的鱼尾纹,眼角正在诉说

这回

还是你对我下了狠手

你看，这天

真的，这天就冷了
脚都冰凉
我读着你的诗
些许悲凉，温情正在一一认领
我不同情命运，但我歌颂坎坷
这喧嚣的世上
无言以对，才是荒原上最美的孤月

想以一口家乡话
把曾经狠狠回忆
耳边，那不合时宜的声响
却是你梦里突发的哭声
多么该死的长发
缠住了我远行的步履
没有老，就选择枯黄的颜色
总设想自己是一个无人知晓的画家
把有关于你的涂黑
留一段白
在这黑夜里，陪一杯酒
慢慢挥发
直到星星遮住了月亮

站在风里

这一次
我无比坚定
站在风里拥抱
满眼冬的萧瑟
被谎言划过的伤疤
在血红的夕阳里
没有违和感

我死死盯住一棵树
实在离我太近
有些后怕
越看越陌生
如果有树妖
我承认你的多变
岁月就真的漫长了

我拥抱的风
风是最寂寞的
因为被孤单出卖
这个站立的人

清欢浅笑　甄选集

一直在等
等曾经的一缕春风
生活才开始得意

广州的夜

今晚的夜
有些许憔悴
透过这黑色的滤镜
看到的深处
开始了后悔
其实
傻傻的
真好

我走在这归家的路
背井？离乡？
觥筹交错的喧哗
灵魂
在角落里蜷缩
这世界
多么熟悉
又何其陌生

我慢慢爱上了黑
因为看不见
所以可以装不懂

拥抱着的孤独

跨过半个中国
拥抱你
孤独是唯一的产物
太浓郁的夜
久别重逢的人
西风
在对视的距离里呼啸
这仪式化的拥抱
很轻
也很重

有那一段路
风景很美
一直想跟你一起走
意外
就是天生的鸽子王
这天气也调皮
你看
今晚我与明月对饮
还是少年为好
理想都是后话

北京的雪

又一年
北京下起了雪
南方的站台
我想
应该还是依旧暖和
那一趟匆匆的列车
与梦
一起北漂

不习惯
北方冬天的颜色
在天桥上叫卖
梦想却无人问津
那会儿
也下雪
冷
很深刻
也很难受
吃个冰糖葫芦
一身洁白
道路开始安静

归家的人
刚刚在路上

年轻
天下任闯
别人在玩霓虹
我在赏月
这距离
是时代的影子
闯荡的激情
在一把破吉他上
无所畏惧

今晚
我在温暖的房子里
看雪
来一口53度
怀念并羡慕当初
顿觉寒冷

心 月

心中明月
总是不忍心去触碰
酒可以壮胆
今晚把酒喝完了
酒瓶都打翻了
你甚至想吃掉这月
因为有恨
多亏我阻止
要不这生活
该变成什么样

无声的笙箫
催促离别的脚步
静默如斯
谁都不想开口
黑夜成了最好的分割线
第一次
不期待黎明

做个鬼脸吧
与稀少的星星呼应

清欢浅笑 甄选集

那路边的小黑裙
在西风里摇曳
从此
生活落落大方

今晚的酒

今晚的酒
敬了故人
抚慰心头忽闪的念头
这味
从入口到喉咙
层次感
如我们的故事

见面了
仔细端详
翻开那时的合影
有些变了
幸好有些还没变
举起酒杯
歌声
在陌生的夜里放荡
歌词
如利器
刺穿了年华
把过去钉在十字架上
各种各样的笑容

迷离地看向远方

分别
独自摇晃在黄埔大道
树在笑我
车尾灯也在笑我
就连远处的星星
也在笑我
我仰天
久久地长啸
打破了夜的静谧
也许诗人醉了
也许是世人醉了

梦深处

我从梦的深处走来
落在你青丝残断处
细数这独处的年月
视觉在夜阑里模糊
你说你转身
只是为了离开
那守候的人
该有何感慨
寂寞爬满的无奈
守夜人
在门里
做梦

梦着自己的梦
这何尝不想人懂
对于老去的记忆
没有文字
才是最美的墓碑
不小心打开门
原来

清欢浅笑 甄选集

你一直在门外
这梦
何谓真假

黑

清风没有理会明月
静静地吹向远方
连呼吸都觉得多余
害怕打扰沉睡多年的记忆
这个时候
空白
就是最美的时光

夜阑天生有癖好
潜入多情人的梦里
放肆的黑
没有色彩
就那一点不起眼的白
是白天伤口的痂
疼吗
不疼
不疼吗
疼
梦里梦外
只有这该死的夜
才有最真诚的谎言

清欢浅笑　甄选集

走夜路的人
一直希望看到破晓
破晓时
才发现
黑

才是最根本的颜色

迷 恋

我迷恋过夜的娇媚
风吹过
都觉得多情
忽明忽暗的光点
是眼睛
含情脉脉
一看
就耽误终身

点根烟
品尽人间美酒
微醺
唯独品你
最费思量
在每个夜晚
拿笔
不小心成了诗人
奈何世间太美
一记录
就是永恒

归

秋深了

深得看不见底

转凉的风也想试探

这南方的秋夜

别样

这归去的脚步

如此紧促

担心辜负了

这夜里深邃的目光

年轮总会携带孤独

孤独招揽着寂寞

如果有一条独行的路

那一定是我的脚印

即使爬满青苔

该死的经历

写成故事

供年华取乐

我从不责怪这季节

因为这是生活的样子

不顾一切

曾几何时
我们不顾一切
投奔山海
看不见旁人的目光
听不见他人的呢喃
那如火的年月
燃烧着年轻的热血
滚烫
就是要这样的热度

成长
真的扰人
那四面八方的教条
和成熟的巨壳
凡人
烦人
把不顾一切放在胃里
用酒麻醉
胃里阵阵的刺痛
在通红的脸颊上
终于放肆起来

微醺
就是生活该有的状态

走进黑夜
把活过的一切
通通吐掉
还给大地
踉跄着孑然一身
空空如初
望着来时的路
不顾一切地笑了

山　峰

我站在时代的山峰
献给万物淡然的笑容
挥手
把江山指点
任大河奔腾
山崖连绵
听大雁南飞的鸣叫
抚万年客松的坚韧
最潇洒的年纪
仰天
来一声响彻云霄的长啸

人终有孤单的时刻
即使百年
那阵痛般隐忍
是登上山峰的锤炼
黑夜里的寂寞
把跋涉的人拥抱
这别样的温暖
透心凉
我总想推开门去看你

清欢浅笑　甄选集

无踪
多年以后
发现
你一直在门里
没离开过
只是我在山峰罢了

路 灯

流浪过春天

在每一个寻梦的晚上

那些花儿

绽放着你的笑脸

长长的麻花辫

裙摆洁白

谁不会会心地笑呢

这该死的候鸟

一直提醒

就像黑夜的路灯

想忘记

就是忘不了

那入夜的背影

所谓的对不起

在灯光下

脆弱了一地

期待下一场大雨

把念旧的心绪淋湿

洗涤

清欢浅笑　甄选集

这晚上
没有灯光
没有声响
没有对不起
只有灯柱下的目光
长长的

爱？伤？

相处久了
就会看见
一张陌生的脸
想把恨深深埋葬
在那该死相遇的地方
那白灰脱落的墙
壁虎露出的微笑
人也计划爬行向前

这种如约而至的季节
就是扰人
赋予的那份情愫
情不自禁涌上心头
谁说有爱就有伤
甜蜜把伤口掩盖
时间把伤疤揭开
你看
那滚滚东逝的江水啊
何时把伤带走

看着孩子的笑脸

清欢浅笑 甄选集

原来
天真
才是治愈一切的偏方

少 年

肆无忌惮
挥霍那热情似火的青春
谁是谁
从来不在乎
那时的雨
就是一种浪漫
与男女无关

不小心
留起了长发
飘逸的样子
在宿舍的画报上留痕
也不知道为什么
这样的时候
觉得温暖
纵使没有怀抱

小道上的叶落了
风来
开始有了心事
看

清欢浅笑　甄选集

那翻滚的黄叶
刻进了自己的心情
不想长大
夜黑的刹那
我就想纯粹地

纯粹地
做一个曾经的少年

小 屋

秋雨过后
草木丛生
那破旧的瓦片
倔强地对抗着
每一个春去秋来
关于你
已没人提起

分开
也是在初秋
相对无言
转身就是永远
不相信孟婆
也不相信忘川
至今
都记得细雨的温柔
正如你
那远去的背影

初识
依然在初秋

清欢浅笑 甄选集

慌张悸动

在那个没有青苔的小屋

上学的小路

虽然简陋

但充满着往事

留恋又留恋

每一个清晨

每一个夕阳西下

没有人懂

也无须人懂

那些只言片语

就成诗

立 秋

在夏天的气温里
遇见立秋
也遇见故人
在心头上掠过
这一世的繁华
敌不过
曾经的一句
悄悄话

望着一片静谧的夜
似乎与秋无关
与你有关
我化身黑色
走进黑夜
走进你的梦
去做我的梦

也许这样的秋
不立也罢

那条街道

那条街道
我们的故事早已填满
如今
显得异常空旷
每当下雨天
我会撑着花纹雨伞
如常
一个人又何妨

多年来的仪式感
犹如不愿醒来的梦
把过往擦干
湿了的青春
在这条街道上
慢慢弥散
远方的你
无须多言

世　人

适当地隐藏

在夜里

向天空借来光亮

世人不知

你已来过

这六月的风

吹散了

写满故事的云

月亮在尝试着窥探

那些行走的皮囊

是谁

偷走了脸上的表情

这可怕的景象

不敢看

不忍看

微凉

是这个世界该有的温度吗

倔强的人

清欢浅笑 甄选集

走进夜里
平静的眼里
火光渐发

结　局

你走以后
晚霞成了新欢
不忍提起这一段
萧瑟下的别离
你早已忘却的记忆
在别人那里
却从未抹去

多年后的相聚
很庆幸
没有了话题
有那么一段的过去
终究过去
没有我
也没有你
也许吧
这就是每个人追求的
最好的结局

树

很多人说我坚强
我面对寒风
脱去绿裳
不愿意
噙满泪水的根
只能挺拔
朝阳,晚霞
我无动于衷
春风
才是我的爱情

这么多年
总想给爱情定格
奈何四季醋意浓
承诺成了时节的玩偶
不甘写满年轮
容颜总在你转身的瞬间
变换
不忍看
期待孟婆汤一碗
抱起三生石
与你一起永留忘川

梦

我想到你梦里
和你一起做梦
你的梦
我的梦
在没有人认识的夕阳下
看没看过的霞云
跟远航的船
挥挥手
海浪拍打夜的门
那是美妙的夜曲
调动了每一个音乐细胞
沙滩的音乐会
没有他人
甚好

喝 酒

我双手合十
告别你的年代
虚伪的酒
从此不喝
雨夜的酒
想挥别
但又不可或缺

快乐你无所谓
伤感埋藏在深雪
骗了世界
你开始举杯
哭着
收起原罪
总想在梦的尽头清醒
奈何人生
就是一个清醒的梦

提着一壶老酒
人字拖走进暮色

尘 埃

满身的春秋
都是尘埃
用半生光阴拂拭
不少反多
年轻的时候
就喜欢一尘不染
如今
一切都在酒里
纵然读过六祖的偈语
还是想背起布袋
做一个酒肉穿肠的和尚

在 KTV 里唱歌
歌词和旋律
总会让人想起些什么
好像在唱出些什么
就是这样的灯红酒绿
也是日子必要的港湾
房子，车子，金子……
终究还是日子
林林总总

不过尘埃罢了

一个烟圈
把所有的深沉诅咒
踉跄在马路上游荡

这样的二愣子
才是真正的
孑然无一物
处处非尘埃

路

来历不明的路
把地貌深深切割
伤痕抚慰伤痛
脚步声
无人在乎

一声离别
把天色染黑
把曾经撕碎
贴着门
害怕又慌张
无措又惊乱
无情的门外
寂静
伴着门内的心
慢慢寂静

梦
在寂寞里丛生
孤独
在视线里凝固

清欢浅笑　甄选集

走走路
就是一生
也无风雨
也无晴

流 浪

寻找目光的尽头
在远方的远方
成长刺破寂寞
山风吹过的海面
那画面
总有一种似曾相识

第一辑　现代诗

历 史

风和雨

注定与人情交错

悲欢离合

在历史中

很短

但也很长

时间确实无情

读史的人

读着别人

也读着自己

释怀

是对历史的妥协

也是灵魂的升华

成长

总是风雨交加

透过光阴的窗

过往很旧

未来

却在历史中
如那不为人知的
海市蜃楼

如果风知道

如果风知道
我不会提起过往的笔
把生锈的岁月描绘
喜欢酒里有人生
一饮而尽
所有的滋味
让肠胃尽情去消化

如果风知道
我不会唱曾经的歌
把注定的命运捉弄
月光下的影子
径直走去
安静
如飘落的黄叶

如果风知道
我把墓碑做好
没有文字
空白是最好的人生

渺小无人窥见

静默千年

如未曾来过

第一辑 现代诗

路

月光在寒夜里萧瑟
无数的路
走着无数的人
匆匆的光阴
在笔下的墨香里
消失
拿着画笔的人
不甘心
皱纹爬上脸庞
苍老其实是一种无奈

我想老去
在这个没有尽头的夜
黑得瘆人
听不着
看不见
梦里
也许才有阳光
和双脚
可以去走的路

身不由己地漂泊
身不由己地学会
抽烟
身不由己地
喝起了他乡的酒

唱这动听的歌谣
天桥下
故乡的路
在迷离中晃荡
期盼清晨的
阳光
把这可恶的黑
一扫而尽

乌托邦的世界

历史不经意重叠
时间出现裂缝
那冰冻如霜的叶子
载不动
你缓缓远去的风尘
终究飘零
雨是最好的裁缝

顺流
风景长出照片
桃花盛开的岸
你唱出了
最嘹亮的歌声
你乌托邦的世界
没有别人
我
也只是在门口
仅仅在门口

追 赶

我被寒风追赶一路
错过一切风景
微沁汗水的怀抱
只等你深情的依靠

不曾拥有的风景
总让人向往
美丽如春的家园
总会遗忘
燕子呢喃
归客乱了脚步
那别样的神情
经历画出皱褶
记得的人
走了
健忘的人
笑如婴孩

时间追赶着我
你一直在我前面

清欢浅笑 甄选集

安静如风
但
风寒

迟来的西风

你这迟来的西风
吹皱了
我内心的湖面
波光粼粼
刺眼
但也是冬日里的
一番景色

昨夜的余梦
还在被窝里呢喃
水里的鱼
翻着白肚
嬉戏着世人的目光
漂流已久的竹筏
靠岸
寻觅那一缕袅袅炊烟

走不出冬日
那就拥抱冬日
正如拥抱
你这迟来的西风

第二辑

古风诗词

记北戴河

北戴河边风冷瑟,南洋岸上水生烟。
平川万里江山梦,指点方遒笑语间。

观日出

日从东边出,人自北方来。
欲达千里远,足始万阶苔。

初 到

去年今日物相同,音貌迎春乐如童。
经年往事应犹在,多少相思夜梦中。

母 亲

又见青山环绿水,牛羊四处映斜阳。
桌前菜暖温春夜,一世操劳为五郎。

佛 说

看破红尘寻梦去,苦行道上遇真知。
凡人恼事天天有,既是贪嗔又是痴。

情人节

春日骄阳抚绿树,浮光掠影耀湖心。
鲜花蜜语红颜笑,一曲深情胜古今。

我和你

岁月苍茫流水意,光阴满目渐天寒。
波纹华发青春逝,怎把心思寄夜阑。

春(一)

绿草戏春风,寒鸦知水暖。
欲把梦托寄,周公意阑珊。

春(二)

春雨春寒春知晓,一叶一江一扁舟。
倦鸟始知归巢日,途人难忘秋水眸。

对友人诗·春

几处钟鼓绕山鸣,佳人驻足侧耳听。
疑是芳菲皆落尽,不负桃花不负卿。

春 思

华清池旁几回醉,冰肌玉露做古灰。
云飞雾绕女儿事,梦觉春晓泪自垂。

春 乐

春花逗雨凉初透,细柳轻斜笑语香。
纸伞彳亍莲花步,鸳鸯戏水羡神仙。

春　意

红楼填往事，细雨润云烟。
落花谁与葬，珠帘夜无眠。

桃花红

今日春景旧时同，桃红树绿笑春风。
佳人倩影何处觅，浅浅酒窝夜梦中。

春　雨

江南飘细雨，少女望长亭。
空做儿时梦，幽帘一段情。

惊 蛰

惊蛰迎春光,雨酥送冬寒。
拾得光阴俏,与君共酒酣。

端 午

屈子投江千古事,永世流传离骚情。
悠悠乡路无数载,难忘家翁最叮咛。

人

纵使千帆江海过,奈何野草无人识。
喜怒哀乐光阴弄,苦辣酸甜各自知。

俗 人

俗人多尘事，仙家自渡心。
竿头百尺进，拈花笑古今。

骤 雨

骤雨初歇酒已温，微风夜幕画年华。
黄粱终究为一梦，酸甜人生也苦辣。

晨 茗

蝉鸣迎夏日，人语话风尘。
菩提蓬莱远，浅拂岁月痕。

蝉

夏夜听蝉鸣，闺深寂寞清。
辗转谁与共，最恨是曾经。

青 灯

青灯明一夜，红烛染珠帘。
拂袖夕阳尽，临窗影只单。

临 望

山高水作画，岩翘木为屏。
抚琴日月远，回首又秋临。

关于你

满眼深秋都是客，回眸两鬓发如霜。
闲情两处空对月，酒暖重关是愁肠。

江 风

江风逐夜影，酒气醉红尘。
青灯不归客，何处觅故人。

秋 语

晨曦初露迎秋风，意气风发早行人。
莫问坦途何处觅，春花秋月笑痕深。

秋　晨

抚琴生禅意，闻香入宗门。
秋风掠窗影，似有来故人。

秋　色

一江秋色连天际，两处闲情入酒樽。
山高路远东篱下，闲云野鹤杏花村。

运动感怀

择时多锤炼，道义铁肩担。
繁华轻拂拭，回首是清欢。

偶 然

清水汪汪映华年,绿树两旁到晴天。
人生摇晃天涯远,相视一笑也偶然。

归 乡

望尽江湖融日暮,轻舟巧渡过重山。
归来旧事皆难忘,一曲乡思敬夜阑。

重 阳

重阳佳节欲登高,斯人远走在他乡。
遥想昔日茱萸处,满目秋霜映秋江。

山 水

江水从此逝，流云入江来。
天工非巧夺，两小最无猜。

旅 途

烟雨迷蒙江南路，谁付冰心在玉壶？
折柳何须灞桥上，扁舟一叶在姑苏。

禅 话

万法归宗始向善，千年传颂人世间。
佛吐金光水灵动，无边无尽将禅参。

立 秋

秋风未来秋先到,骚人墨客挥笔梢。
欲寄情怀秋水远,蓝天白云各逍遥。

秋游清华

脚踏秋风韵,书描绿草心。
荷塘生月色,往事耐人寻。

秋意浓

月满西楼栏抚遍,鱼传尺素夜偷寒。
香猊被暖鸳鸯梦,数尽昙花又一年。

草

野火烧尽根性留,默无言语待春风。
不惧烈阳与冰冻,傲然屹立万物中。

夜思商海

风云商海涌,日月换英郎。
千秋出大业,遍地是儒商。

七 夕

七夕鹊桥起烟云,两岸痴心欲断魂。
年年翘首期今日,离多聚少殇后人。

田园趣话

冬日骄阳柔如水,田园童趣有人家。
天道轮回皆常事,不爱江山爱晚霞。

感 恩

凉风拂四海,细雨润神州。
几世恩泽报,清泉滚滚流。

怀 旧

往事成烟情犹在,睹物思人心非非。
他乡美酒空对饮,一片冰心任风吹。

抚琴有感

琴音了尘事，唇语断天涯。
吾辈皆过客，逍遥是豪侠。

望长安

遥望长安风瑟瑟，诗人远逝后人传。
功名利禄寒窗意，万载烟尘没九泉。

千秋大业

秋深夜静人未还，案几疾书绪飞扬。
千秋大业谁无意，弯弓誓要射天狼。

追 忆

一生挚爱为何求？执笔追忆南山丘。
东篱黄花白云上，江水东去永不休。

孤 独

苍穹万里一雁飞，易水千丈不复回。
绿草丛中花独艳，期待秋风往北吹。

英雄叹

一汪江水东流逝，横刀立马最英雄。
踌躇满志荆棘路，笑看红尘始不同。

渡 口

细雨迷蒙柳丝绿,鱼跃平湖泛涟漪。
疑是故友踏歌声,孤舟一叶上云梯。

雨 夜

风卷残叶雨打池,寒灯隐去夜彷徨。
遥想精卫填海志,梦里醉射是天狼。

自 嘲

行尸走肉笑都市,卧薪尝胆南山坡。
疯狂痴癫无人问,世人笑我来蹉跎。

未央宫

乌江边上马不前,项王隐去有未央。
钩心斗角后宫事,女人心计男人寒。

酒

觥筹交错兄弟谊,笔走龙蛇笑大唐。
千杯入肠人不醉,凌云壮志在胸膛。

与君别

长风破浪三千里,潇洒倜傥两百年。
浅酌杜康豪情迈,妙语轻谈忆长安!

梦

梦落巫山江渚阔,明月孤舟天线边。
零星波光儿时语,钟声入耳共枕眠。

雾

薄雾笼花城,流水润无声。
庄周蝴蝶梦,起舞戏枯藤。

渡口独乐

青山融日暮,绿水泛微波。
野渡无人问,蓑翁独乐和。

夕阳

落日熔金云作伴，粼光闪烁玉人殇。
误识几度归舟过，无限相思欲断肠。

叹年华

铅华洗尽青草绿，江水悠悠东向流。
执手无言相对望，他乡美酒有何求？

战场

万里沙场起干戈，乱世英雄奈若何？
逐鹿中原谋与略，马蹄响起上陡坡。

夜 吟

风过竹影娆,云飘明月升。
相思复遥寄,静卧听古筝。

自 勉(一)

热血沸腾年少事,凌云壮志在胸膛。
冯唐李广成追忆,谁敢笑我太痴狂?

自 勉(二)

胸中存浩气,言语更坦然。
阔步天下路,昂首人世间。

母 亲

慈母教诲绕耳边,孩儿立志须甚远。
大鹏展翅终有日,衣锦还乡莫张喧。

夜 话

清泉石上走,浣女笑语留。
皎月托旧梦,佳人欲方述。

一个人

江海浮沉舟一叶,水浒西游几人知。
寻味人间烟火暖,恰是归来少年时。

赶 夜

试问赶夜人，前路何其长。
晨曦送晓月，乡客又远航。

飞 花

飞花离人恨，流水故乡情。
为期知音遇，痴梦到天明。

致友人

人潮熙攘擦肩过，回眸相对友情生。
举杯阔论江湖事，不管过往与前程。

饮 茶

一缕茗香迎五月,三两好友叙往昔。
岁月峥嵘英雄墓,前赴后继永不息。

日 常

披星出晨汗,戴月把家还。
少壮必努力,老大不泪潸。

偶遇故友

相逢一笑贯十年,往事重提茶语间。
平生壮志凌云起,踏浪沙鸥笑风帆。

饮 酒

酒后迷离三生事，夜阑影动万象生。
不屑李白诗百首，笔走龙蛇过五更。

元 宵

昨日灯笼今日红，美酒佳肴景不同。
身在异乡为异客，相思遥寄暮霭中。

晨 语

晨风抚嫩草，雨露伴行人。
不知身是客，贪欢笑星辰。

闲 谈

世事变化一瞬间,华发丛生不等闲。
春光一日难再有,不如昂首向明天。

古 琴

墙头琴声起,秉劲似水流。
故人乘风去,芳草几处求?

夜

夜阑灯火斑驳动,断桥残柳月儿斜。
过客笛声云霄外,江水东去喜与悲。

白 狐

夜风影灵动,灯火偷着明。
心事难说破,谁泪湿帕巾?

初冬晨雨

冬来寒未至,润雨笼晨山。
试问谪仙处,曾临此境间?

他乡夜语

炎炎夏日夜无眠,淡淡清风不可伤。
不知他乡木林里,乳雀黄莺共缠绵。

风 雨

雨打数落叶，水流忆纷飞。
佳人红楼倚，歌声任风吹。

冬 雨

冬雨沥清晨，犹现落花声。
窗台无限景，婆娑梦中人。

梦伊人

一夜朦胧梦伊人，觉来倚窗望溪流。
日日思君不见君，岁月流沙休不休？

夜 色

夜深寒气重,街灯伴行人。
浩瀚星空远,落叶心还真?

无 题(一)

春风戏珠帘,帘动美人醉。
醉里梦郎君,君期何时归?

无 题(二)

花落花开一轮回,春去春来壮士还。
平生追忆愚公愿,精卫填海非笑谈。

无 题（三）

一夜秋风无人晓，两处闲情话寂寥。
灯火阑珊野舟渡，古寺钟声静悄悄。

无 题（四）

碧海千帆尽，蓝天万里晴。
临风弹岁月，把酒敬唐秦。
踏遍天涯路，无关利或名。
琴音轻抚起，伴汝一生听。

长 夜

欲饮杯空月自明，聊来翻阅古人经。
神农一生尝百草，扁鹊神通徒伤心。
百岁终须归故里，狐亡首丘是常情。
生死聚离非人愿，笑看红尘雨和晴。

归

一抔黄土惹思愁,三千弱水永不休。
归去来兮南山暮,天道轮回不可求。
我欲登天揽明月,梦入星河已深秋。
谈笑追风年少事,光阴此去留不留?

晨 语

清风无禅意,行修梦里来。
拈花慈悲若,莞尔菩提栽。
红尘蝴蝶梦,日月焕莲台,
不关名与利,合十是蓬莱。

中秋节后

明月清风一厢情,桥头马上两无猜。
依天远望无穷路,轻剪红烛入梦来。
嫦娥奔月谁可恨?如来苦渡莲花开。
我欲乘风揽四海,男儿有志便是才。

红　颜

独立斜阳外，雁字漫山头。
疾风青草劲，弱水汉江流。
遥寄三更梦，静候九度秋。
红颜终迟暮，白骨恨不休。

楼　台

楼台烟雨醉，故国草木深。
征伐兵家事，功名黄土坑。
华清无穷恨，回眸百媚生。
古今多少梦，孑然一庐僧。

相思夜

月没人初静，相思梦外来。
寒枝栖旧爪，破瓦惹新苔。
望断归鸿际，观梅落又开。
珠帘明夜幕，俯首泪红腮。

秋日闲思

半日浮生秋送爽,晴空碧树入荷塘。
流觞曲水通天乐,李广冯唐自古伤。
世事明清皆苦恼,陈仓暗度是谋郎?
扁舟一叶随风去,唱罢红尘暖与凉。

念家父

年月匆匆几十载,酸甜苦辣各自知。
临行不言非无语,怒骂婆心是爱痴。
阴阳相隔无数里,夜静常来梦里思。
相惜眼前人事物,莫待灰烬怨恨迟。

游 子

天寒心意冷,人醉非酒酣。
谁明游子意,慈母发迹斑。
烛火潜入夜,心灯为谁燃?
潇潇江水逝,浩浩人世间。

随 笔

天凉草尤绿,酒香人已眠。
风吹鳞波动,雨打珠帘潸。
欲知深闺里,晓梦祛残妆。

戏说爱情

心花怒放年少事,海誓山盟谁为真?
斗转星移流水逝,容颜消瘦空泪痕。
情郎自古多佳话,才女轻吟庭院深。
风吹杨柳月映湖,一片冰心君与同?

秋 夜

自古悲秋多墨客,今朝执笔非骚人。
夜色撩人年年有,他乡眸子日日深。
犹记挥泪执君手,归期约定情意真。
几番梦里秋千闹,觉来细雨疑泪痕。

世 态

翻云覆雨人心险,难能可贵朋友情。
嘻嘻哈哈多假意,苦口婆心几人听?
信誓旦旦千万年,烟飘云散一瞬间。
阿谀狡诈小人戚,心胸坦荡君子行。
行侠仗义成往事,冷眼旁观情义轻。

空等爱

江水滔滔东流去,佳人依依盼君归。
娇颜渐退迟年暮,春心真付知为谁?
风吹雨打相思意,锦书空寄劳燕飞。
一生等候天堂去,后人传颂自伤悲。

中 秋

秋月上树梢,伊人路遥遥。
相思托云寄,月宫话寂寥。
几度红尘误,长亭雨潇潇。
月圆婵娟共,回头是灞桥。

思 图

含羞惹碎步，清眸瞥心度。
最是烂漫时，相思抵不住。
庄生蝴蝶梦，晓月鹊桥途。
欲以身相许，郎君心可属？

瀑 布

细雨空山静，山林满目青。
循声流水处，瀑布偶闻听。
石路仙人印，泥坡顽子停。
抬头天上镜，渺小似浮萍。

父 亲

桌前半斤酒，三两小花生。
飒爽平生事，最逗是家翁。
稚小侧耳听，成人心方明。
岁月阴阳换，又见念思棱。

夏　聚

雨落温池知盛夏，凡夫入水觅蛟龙。
花开两岸声声舞，客聚八方路路通。
手握长矛挥万里，平川踏遍造英雄。
灰白两鬓无须看，忍笑红尘不老翁。

七　夕

转眼清秋至，七夕梦夜长。
凡夫思俏女，佳人念檀郎。
万念随流水，三生映旧墙。
铅华皆洗尽，淡淡笑夕阳。

古　琴

抚琴送朝露，闻香思晚霞。
高山云深处，流水有人家。
红尘窗外扰，青灯雨中蛙。
冷眼螃蟹行，温心你我他。

再见西楼

再遇千帆江上过,人非物是已中年。
烟波远照残霞舞,袅袅乡关最难填。
梦醒初心如既往,琴弹本意是天然。
崎岖辗转平常事,世态炎凉看不穿。

流年似水

抚琴祛旧尘,闻香迎新欢。
孑然书生意,袅袅有炊烟。
严寒梅骨傲,苦困知交单。
纵使疾风劲,安然敬流年。

迎新春

酥雨连夜辞旧岁,爆竹满天贺新年。
纵行千里重山远,故乡不语一线牵。
青草幽幽送游子,老屋默默候归音。
无关功成与名就,人生喜事是团圆。

无 题

半生光景阶前，点滴雨，寻琴韵，风抚芭蕉绪万千。
几处闲情走龙蛇，轻煮茶，浅笑谈，荏苒何处不心欢。

浣溪沙·故人

酒醉羊城月夜欢，故人重聚忆甜酸。举杯一笑敬长安。
相送两城皆过客，望珠江倒影坤乾。数不完历史衰繁。

醉花阴

灯暗夜深冬冷落，江影生残梦。微倚柳潇潇，欲语还休，人有千千恨。
酒酣惹起千秋问，白发孰能等？明月照昔时，滚滚东流，对镜年华哽。

醉花阴·酒

酒过三巡心涌动,欲把光阴弄。任世事难休,冷暖人情,追忆嫦娥恨。

微醺迷乱庄生梦,午夜无人懂。念万里烟波,巧渡轻舟,执手桃花送。

花非花·无题

花非花,树非树,梦里追,潇湘路。
风存昨韵泪痕深,雨打芳华无觅处。

好时光·阳朔行

烈日炎炎谁怕?猜九马,戏漓江。银子彩叠又水仗,西街酒肉香。

挽手游胜境,共笑语,敬流光。荏苒青春在,儿女最情长。

好时光·偶得

又见深秋黄遍,风瑟瑟,水茫茫。楼上望轻舟叶叶,谁知最远方?

转眼天已暮,月冷照,酒醇香。念故人何处?记忆泛微黄。

西江月

日落远山云卷,水流东海帆闲。欲乘飞鹤上青天,惊惹清风一片。

夜冷三更香梦,晨清七里蓝田。任心事遍野张延,眼底韶光谁厌?

西江月·酒趣

酒过多巡酥醉,放声歌唱逍遥。穿肠酒肉满身骚,总引旁人欢笑。

酒醒卧床追忆,孤身辗转无聊。轻狂年少暮和朝,娱乐光阴恨少。

定风波·冷月

冷月清风入夜阑,酒温食美意阑珊。数尽远空织女愿,谁见?
举杯遥敬月和天。
独步影只心绪乱。江畔,旧思华发最孤单。呼遍远山空对看,
帘卷,悠悠秋水向天边。

如梦令·故乡

昨夜酥滴村巷,短梦旧时谁往?
慵起倚轩窗,犹见少年桥上。
难忘,难忘,多少故人模样。

如梦令

春去秋来微雨,叶落西风残菊。
昨夜梦依稀,执手灞桥人离。
今夕,何夕,烛火泪干几许?

如梦令·酒

人道红肥青瘦,寒近青梅温酒。
多少古今愁,醉卧静听更漏。
厮守,知否,总梦断黄昏后。

相思引

夜雨潇潇夜色凉,破窗眸子断他乡。故容消瘦,难忘解罗裳。
秋落心头空寂寞,酒干离绪满湘江。伤别年月,儿女恨情长。

相思引·春夜

望尽寒江不见君,柳丝摇曳意难分。又潇潇雨,流水断黄昏。
斟酒独酌听夜静,旧琴新曲几人闻?无端心绪,无处寄温存。

忆江南·别离

西风瑟,吹散梦相思。遥忆江南风景好,莲开萧袅赋闲词。无奈是分离。

忆江南·雨

江南雨,轻打润荷莲。舟动鱼游歌入水,烟光摇晃现珠帘。羞涩忆缠绵。
曾几许?恋浩渺人间。常伴枕边无睡意,一朝别后数重山。何日是君还。

忆江南·阳朔

山重重,江水绿悠悠。风暖骄阳同入画,听晴空万里云流。非一叶孤舟。
翻历史,胜客竞来游。多叹奇观天自造。问红尘滚滚谁求。何处寄温柔?

忆江南·桥头立

桥头立，江水两茫茫。山暮云烟秋意绕，秋风舟曳过桥廊。几尺旧时光？

明月夜，煮酒在他乡。遥望星河皆过客，是非成败醉愁肠。惊现满头霜。

恨春迟·友聚

入夜天凉温旧酒，八九菜，朋友清欢。酒过渐微醺，笑忆经年事，总能暖春寒。

别后阑珊缺明月，意未尽，落笔余言。不管星移斗转，相聚年年，余生独爱平凡。

忆王孙·酒

西风一夜卷珠帘，雪落门前梅又香。欲罢还休酒太甜。
念他乡，奏乐欢歌戏舞翩。

卜算子·夜归

冷月照归人，醉忘来时路。烟雾层层绕影疏，谁把青春负？惊醒忆从前，满志踌躇处。历尽沧桑悔几时？雨打红颜暮。

卜算子·残月

残月落平洲，细柳垂青冢。犹见扁舟入海深，岁月催人恐。初夜梦依稀，旧恨何人懂？独揽罗裳叹夜阑，冷影西风送。

卜算子·光阴冷

别后雨幽幽，风卷珠帘梦。人去楼空旧象生，湿枕伊人恨。凝望草萋萋，水没汀洲弄。生死茫茫两不猜，来路光阴冷。

卜算子·佳节

朗月柳梢白，静候檀郎语。轻剪红烛伴笑唇，正是深闺女。
疾走会佳人，乱撞心头绪。愿付春心片片情，莫把佳期误。

鹊桥仙·七夕

柳轻波静，星明云淡，银汉贵期将至。鹊桥归路草萋萋，
不忍顾，飞蛾无翅。
烛灰烟冷，衣宽帘瘦，难忘旧时同醉。都知天意弄人多，
还把梦，天天私寄。

鹊桥仙

稀星明月，山寒秋紧，衣袂翩翩自舞。折须桥柳雨酥酥，
石板路，幽幽老树。
扁舟一叶，清茶两盏，独览一方江渚。方遒挥斥点江山，
美人计，终归尘土。

鹊桥仙·雨夜

阶前微雨，夜阑冷落，烛尽无人独寐。起身温酒忆峥嵘，饮盟誓，幽幽清泪。
挥毫落纸，春秋几度？儿女情长何意？铭心刻骨又年年，不苟且，悠悠雨夜。

鹊桥仙·偶对

风和日丽，秋深叶冷，徒步山前临暮。马龙车水顿幽幽，数年月，归鸿几度？
会当绝顶，星移斗转，梦问杜康何处。悲欢离聚最平常，莫轻叹，韶华烟雾。

行香子·忆

一夜西风，卷落珠门。懒慵起，水浅情深。
残红冷落，不见归人。雨轻轻飘，愁肠断，泪儿崩。

行香子·梦语

一夜沉香，雨过天凉。梦无声，不问流年。
渔舟唱晚，莲动人甜。月晓风清，水轻淌，醉时光。

行香子·夏

夏日荷花，穷碧连天。红楼梦，寸断肝肠。翩翩衣袂，
嗜血残阳。怎敌风疾，是憔悴，恨无边。
歌平舞落，梦满潇湘。琵琶面，曲断人殇。花开两岸，
红染千山。待月明夜，杯中酒，莫凭栏。

满江红·酒话

冷气南袭，繁星没，萧萧冷夜。温老酒，二三亲友，举杯胡扯。
地理天文谁与共？古今中外喷痴傻。远行客，相遇在他乡，
清欢寡。
杯盘乱，残酒洒。桌椅上，沙发下。把青春拍遍，梦中还骂。
苏醒忽觉多酒话，凉风伴笑如长夏。归去兮，热爱是本真，
孰曾怕？

江城子·春雨夜

雨滴春夜又微凉。酒飘香，忆儿郎。攘攘熙熙，忽见鬓如霜。
回首来时芳草尽，山远逝，水茫茫。
想来年少且轻狂。射天狼，也无妨。俯瞰洪荒，皆点点如常。
欲揽月捉鳖戏谑，天海阔，我为王。

浪淘沙·春寒

春寒细雨润城楼，遥望平湖缕缕愁。
想把相思逐酒令，吞吞吐吐欲还休。

浪淘沙·春夜

微凉入夜院庭深，声断归人未叩门。
辗转春宵空寂寞，朝朝暮暮几人真？

青玉案·冬至

西风凛冽迎冬至。夜静谧,相思寄。冷落庭花冬也魅,一壶浊酒,两厢情意,三尺凡人泪。
远山默默无人记。近路悠悠有节季。试问乡愁游子事。望穿秋水,满怀惭愧,今夜何人醉?

南歌子·雨巷

雨打芭蕉巷,琴音凋落红。弯弯石板径幽通。袅袅香炉、盼瘦旧时鸿。
冷冷珠帘响,回眸又是空。试张双手抱清风。往日时光、冷暖画廊中。

武陵春·冬日

风入香裘催梦尽,夜冷酒生香。四顾青灯竹卷凉,往事漫无疆。
人过中年惆又怅,冷落伴彷徨。故友辞离最暗伤,耐不住水茫茫。

相见欢·秋风

秋风乱入兰亭，月孤明。树影婆娑人立，夜无声。
酒难醉，夜难寐，意难平。最恨千帆消尽，雁空鸣。

相见欢·闺怨

帘外细雨嗖嗖，上高楼。望断天涯芳草，空悲愁。
念往事，秋千处，共白头。今夜独剪红烛，泪凝眸。

相见欢·初遇

雨敲盛夏荷塘，遇檀郎。涩涩娇羞速走，乱云裳。
回眸望，江渚上，水茫茫。皆茬苒光阴事，少年狂。

相见欢·欢

江枫渔火他乡,夜微凉。遥望星河孤影,对牛郎。
欲相见,最难忘,梦魂牵。执手暗欢相对,竟无言。

相见欢·暮雨

潇潇暮雨初歇,应时节。酒满星稀人远,敬离别。
旧时月,白如雪,上青阶。苦辣酸甜尝尽,梦叠叠。

长相思·情牵

朝也思,暮也思。思绪绵绵无尽期,花开花落时。
梦难依,影难依。静倚轩窗听雁归,月残心未移。

长相思·情人节

路遥遥，水迢迢。千里相思话寂寥，烛昏细雨飘。
恨春宵，太妖娆。晓月清风上九霄，忘了是灞桥。

小重山·南方冬意

冬至庭楼花满园。落金催日暮，醉窗轩。西风微紧夜灯繁。心寄处，灯火已阑珊。
温酒竟无言，青丝缠尺素，断肠肝。一江潮水两头寒。别君后，从此百花残。

小重山·无怨

楼外青山随水流。晚霞三两处，遇沙鸥。池边青草自成丘。风过处，摇曳似神偷。
曾记邂亭侯，红装生小鹿，也和羞。怎知从此上心头。虽不见，无怨也无愁。

小重山·早梦

秋叶黄了秋意浓。依窗飘细雨,梦重重。如烟往事太匆匆。相思意,隐现似星辰。
石子路葱葱,隔江春草绿,影无踪。望穿秋水又归鸿。多少恨,都付水云中。

小重山·游子意

春水微风拂柳青。暗香随影动,又长亭。悠悠隔岸鼓钟鸣。千里外,多少梦难平?
温酒敬辰星,惺忪观世道,怕多情。想横刀立马功成。来时路,灯火为谁明?

小重山·偶梦

昨夜西风摧梦苔。又沉香袅袅,故人来。相逢温酒两无猜。昔往忆,皆是笑靥开。
慵起把花裁。红装谁厌看,不应该。念山重水远湿腮。凝芍药,娇艳为谁开?

小重山·归期

秋伴残阳秋水凉。叶黄风卷落,向何方?斯人独奏释阳光。天地阔,何处诉衷肠?
频倚小轩窗。归期仍未定,抚红装。举杯邀月月无常,闺中镜,华发梦难藏。

小重山·酒

秋落残桥秋水清。晚霞烧日暮,最多情。微风送暖月胧明。琴抚尽,隔岸几人听?
长夜舞长缨。青丝成镜梦,恨平生。欲金戈铁马连城。青梅酒,含泪已无声。

小重山·念父亲

静谧梧桐香烬痕。最微微烛火,老柴门。花开彼岸奈何深。多少爱,来世亦相同。
离去梦三更。慈祥如旧日,问寒温。觉来月已过山门。词人泪,窗外两空空。

小重山·流浪的人

秋入孤村秋水凉。露浓慵懒起,在他乡。秋风吹尽水茫茫。何处寄,游子意彷徨。

犹记旧时光。凌云酬壮志,也猖狂。画红装誓要流芳。烟柳巷,终是照残阳。

小重山·他乡

难忘春风吹故人。忆江湖水满,入凡尘。潇潇酥雨润柴门。思绪乱,多少踏春痕?

残月送黄昏。他乡灯酒绿,梦难真。笑谈风月两昆仑。游子意,杯尽醉伤神。

蝶恋花

月落风微无觅处。人去楼空,寒翠平江雾。烛火微微鸦自诉,珠帘空处红颜暮。

风过叶凋秋几许?撩动窗纱,隐现琵琶雨。日日思君君不见,烛心剪尽潇湘处。

蝶恋花·愁思

云卷天遥音信阻。寂寞庭轩,冷露沾幽户。瘦影伶仃谁共语,残花飘落愁无数。

望断天涯归路暮。雁字无踪,寂寞凭栏伫。烛泪空垂心暗苦,相思恰似春江水。

蝶恋花·雨

风紧雨疏无睡意。辗转秋冬,冷落连天际。万里关山思故里,锦书望断空悲泣。

念去去流年几许?晓梦无声,惊怕琵琶雨。萧瑟琴音无觅处,多情谁忆潇湘女?

蝶恋花·夜梦

夜梦春心秋雨渡。落叶萧萧,错把行人误。水远山寒辞旧鼓,红颜凝定红楼处。

袅袅炊烟垂夜幕。芳草萋萋,携手归家路。举案齐眉仙伴侣,依偎入梦思如故。

蝶恋花·冬夜

辗转难眠冬入夜。岁岁年年,壮志何时跃?谁踏尽山河落叶。归来就把谜题解。

满目青丝疑是雪。常醉之人,误认仙桥鹊。环顾夜阑思旧月。难寻好梦西风烈。

蝶恋花·辜负

凋谢春红无觅处。踏遍江南,日落生轻雾。多少春心空与付,静听沙漏红颜暮。

欲寄锦书和尺素。梦落汀洲,荏苒皆辜负。芳草萋萋迷旧路,高楼独上花如故。

破阵子·踏浪

踏浪乘风万里,江山如画千红。铁马金戈凌壮志,滚滚长江始不同。花开夜梦中。

把酒临风挥斥,抬头邀月惊鸿。帷幄运筹携众愿,热血腾腾万世功。笑谈是醉翁?

破阵子·深夜

夜静全无睡意,聊思往事平生。红落春泥江水暖,岸芷汀兰草木深。乱了织梦人。
怎念他乡音信,奈何雁过无痕。风劲雨疏秋瑟瑟,灯没烟消又漏更。原来是旧城。

念奴娇·无题

去年今日,夜微静、将酒临风盟誓。碎步银湖,灯闪烁、流影天街永驻。映月仙桥,偎依老树,耳语无声处。幽幽唇语,怎把年月辜负?
雨过溪水潺潺,望窗前夜色,相思无数。旧酒如新,楼月满、望断他乡归路。对影成书,纵从此默默,念姝如故。许三生愿,盼佳期也将至。

一剪梅

一剪秋风赠落红。染遍江河,遥望寒冬。射雕追日最英雄,夕照平湖,多少殊同?
铁马干戈谈笑中。沙伴狼烟,心系妍彤。古来征战几人还?只为家园,又有何恫?

一剪梅·无题

十里长亭半里花。萧瑟秋风,琴染流霞。月明初照旧城墙,物是人非,梦远天涯。
梳洗依窗微抿茶。眼过烟云,镜咬芳华。悠悠草木漫山头,多少相思,都付琵琶。

一剪梅·遇故人

转眼经年又一秋。相顾无言,欲语还休。寒暄回首旧时光。清浅年华,岁月温柔。
壮志凌云寄远舟。越海翻山,数尽王侯。今朝贪酒醉残更。轻点繁华,已过山丘。